テンナンショウ属のない道
中世の救済院の隣家の明かりが
道を照らし
「なぜ二人もいるのだろうか」
夜空の枝は
空の外側にも　よく群れて甘くひろがり
直列していく

現代詩文庫 242

思潮社

続続・荒川洋治詩集・目次

散文

作品論・詩人論

装幀・菊地信義

詩篇

詩集〈一時間の犬〉から

ベストワン

夜汽車が　窓の外は明るいね
夜汽車には乗らなかったけどベストワン

タリパチ門の一台の自転車
あれはウクライナ製であったね
描いていくと　遠くなり　小さくなるねベストワン

東と西とがひまをみつけてまじわるところ
兵隊のごはんもたいへんだったね　かげの
若婦人の素足がふわりと見えてベストワン

私は生きている
同情と共感でおどろき嘆きかなしむが
私は二度と生きたりはしない

茶の勝った土色の
屏風から　男の、女のような両手がのびてきて
はだかのぼくに着物をくれる

これを着て　日ざしをさけなさい　道をあけなさい
もうじき小さな自転車がやってくる

冬のそよ風

こころの問題の
二つめあたりを歌うこと
冬のそよ風のために

公園には冬の炎
みじかいスカートの娘たちが
パッとした足のなかに長い夢をいれたまま
朝の掃除をはじめている
みんなうすうす今日の

歴史を感じている
冬のそよ風を

彼らのすべてが
彼らの父であることがわかる
しばらくおくれて　おにぎりをのせた小揺れの車
彼らの母であることも

生活はもうにどとめぐってこない
鎌があたった
鎌がおおきな緑にあたっていく
冬のそよ風に

京都

円い広場は夜になり
その広場が
五つの道を放射状にあつめ
すぼめていることがわかった

マルクスの像は目をあけたまま
やがてこのタシュケントの町の地下に移され
横になろうとしている

五つの　ひとつひとつの道には
遠くから水色の灯りがつき
遅れた一本の道も
あたりの闇をはらいはじめた
これで京都になった

理由はわからないが
この都市は生きているが
それよりも　生きてきた

そんな気がしてねむくなった
大阪からこんな夜更けに客があり
とんとんと戸をたたき

家に入れ
京都になった

誰もが妻になる

ドンブラの破れた音が流れている
誰もが妻になる
そんなことばに　ぼくにはきこえる

誰もが妻になる
ナボイの妻に

わたしにはいいところがない
家も　馬もない　空もない　雨だけはふる
ああなれるよ　なれる
ナボイの妻に
ジャミの妻にも

サマルカンドの通りに
ナボイとジャミの
二人の詩人が
立ったまま話をしている
それは錆びた銅像だった
路上には
鮎のような　華やかなかすりのワンピースの
すべての娘たちが
きたないものを弟にあずけて
一人の男を思う
何度も生まれ変わりながら

地上より赤いチューリップを抱いて
でもどんな嵐もこばまないと
わたしにはいいところが少しもない
ゆうべも傘を忘れたわと

ドンブラの音色はそんな道を流れる
誰もが妻になる

ナボイでなければ
ジャミの妻に

詩人の話はそこまでらしい
ぼくはきいていた
彼らの
雨のなかで

汽船

「母をたずねて
………」
であったか
そのなかの
西洋の絵
窓の眺めであったか
おおきな川の岸辺らしかった

白い汽船が　浮かんでいた
その朝が、来ていた
声をかけてもよかった

遠目には　開け放しであった
のどかな
静かなさまであった
汽船は
その人以外の
いらない人をのせて
停泊していた

いや　どこの国の　どんな話でも
よかった
秘密の物語の　仕留めのために
あわてて帰宅する
父のため
汚れおかれた枕のために

おおきな川だ　いきなり、
汽船が　いかりをおろした
子の目をぬすんだ母がいた
汚れを落とした白い枕
船はまだ　あった
いらない人々をのせていた
開け放しであった

汐ノ家

門の前
私はまた　尾ヒレの音を聞いた
肌さむく
夕暮れとなり
道行く人、腰振るは絶えたかとおもわれた
山は　まだ
沈む　沈む
ちか
ちか、ちかと、
たいや　ひらめや　えんがわやと
塩水はひたいにかかり
やがて
向こう正面
海となった
その人が
門口から声をかけても
もはやゆるされる私の姿ではなかったろう
一歳の頃
人を見ごろしにする
仲間とともに立ち去る
この日より　耳に
ひらめ吹く

ギャラリー

ブランコはいつも

同じひとをのせてしまいます
じょうずなひとのちからで
揺れているのです

なのに恋人は
ぼくのブランコを見たい見たいと言ってきかないのです
ぼくはあきらめて
ぼくは板にとびついて
四谷の　公園の砂場において
努力するうち
ブランコはしぶしぶ揺れ出しました
でも
ぼくはブランコがへたです

なかなか前へ進まない
何度言ったらわかってもらえますか
何度ためしてみせたら信じてもらえるのですか
それでなくても
この公園は山手線の環ゴムに
首をしめられているというのに

ぼくはへたです
恋人は見つめています
ぼくはへたです　降りたい
でも恋人はにっこり見つめてきます
だがぼくはごらんのようにへただ
それでも恋人は
そこをじょうずに　見つめています
都会はたいてい
このように日暮れ、潰されていきます
ぼくはへたです
恋人は見つめています

川

小高い丘に姿を現わし
ようすをうかがい　ろくに帳簿を見もしない　この男、

ジャンプをつけて飛んで来る
息がつまり
息がつまることに思われ
こんなとき　どんなにか人はたのしかったことだろう
でももう　このへんで
と思うところで
思う

部長さんは　わたしの
何なのだろう　何なのだい

わたしはこの日も
追いつめられて
あまり　美しくないひとになり
この
川べりに立たされる
トラックが通っていく
はじめて　のような景色
のびもちぢみも　しないわたしの脚

息をつめて
待たされて
白い松のにおいのそばで
このまま止まる
人は　どんなに　仄白く　あふれたろう
わたしの近くで
部長さんの川はじのキスはつづく

山道で

小さい背中の
上にのってる、
ちいさい馬には
わからないかもしれない

どうしたの
落葉の小道　人は

どうしてこれ以上　進めないの?
こうして　仲良く
行き暮れていく

神の品

その先に
ちいさな鳥の巣でも
あるのだろうか
そうして
何かが待っているのだろうか
つながれた
一粒の笑顔　といったものが

七つ　八つの
どこかの
女の子がこっそり
塀の上に乗って
あたりを
うかがうように
歩いているのを

車のなかから見かけた
あの子の名は
あの子は
と
数秒間
首をくねらせて問うともなく問い
槍が寝つくように
目はやがて窓に戻る
すべては似ている　似ていたのだ
人は　抜き打ち
塀の上を流れる
雲の子として
風にたち
きらきらと足をさらすも

乳房なき者には　たどれない

一時間の犬

大きな柳の　木
その下で
ぼくはまだ
呼吸をしている
医者を待つように

そのあいだ
まわりの世界が　見えている
古くからのものと
どうかしたものが　ある

緑の樹木が
広い原っぱと呼ばれるものを
ぎりぎりまで演じきる前に

傷ついた犬と
ときどき　ことばをかわす
この二人で入る
病院のようす
一つのベッドであることを

遠くへ
ただ遠くへと　風が吹く
大きな　柳の
木の下で

詩論と実行

もとめて　かけよるマイク
実行　実録の　てさきよ
詩は　別れのきわのきわまで
交際をもとめて来る見つめる

まるでキスの跡目を　掘り返すように

あなたには　まだ靴がある、と
その人は　ぼくのあしもとを見つめるのだ
こときれたはずの世界がやおら起ちあがり
二人の間で「しっかり！」と
ぬれた記録紙を呼びさます
あの振り返りたくもないキスの跡目までも
マゴの代まで　ごっそり引きつれて

彼女はぼくの代わりにマイクをとった
歌の一篇をはしから目をほそめて　歌いこなした
実行、実録の　てさきよ
口をあけて立つ聖者　夜の黒髪よ……
てあらにも靴をぬぎすてた　その足で。
怒濤の　家を
空けたまま

鳥のゆか

ゆかの上に
小鳥が来ている
ゆかの上を
小歩きする
見かけほどのばらまきはない

ゆかの体面が　静かにぬくまっていく
ころあいに歩を移し
いくどかは　足あとをまねる
のどを洗うかっこうになり
客はかなしいが
青い空の烏黒へと　はめこまれずに伸びていく
まだ時計のぶんだけ

目のまわりが
自分に起こることできらりと湿っている
上がったのどの　新興の

模様がきれいだ
ゆかの上に
君はきれいだよ

土の上を歩くのですから

深い
荒海の上を
四つん這いになって
舟がゆく
人らしきものをのせて

こちらは　すぐそばの
みぐるみゆすられる波の上で
みていた
こちらを　ほうっては　おけないのだ
あれくるう　渦の刃を

ようやくこうべを下に
通り過ぎる舟あし

こちらは　もう　濡れ髪もかわいて
岡にあがって　みていたのだ
こちらを　まだ　まだ
ほうっておかない　計画なのだ

めざめて　わたしは泣くだろう
焚火のまえで

あの人は？　と
両手をついて

資質をあらわに

自分だけがこうしていても
雨ひとつないトルキスタン　ヒワの旅の日は

雉のように色を撒いて過ぎていく
置いてきた島の国には
まずしい人の麗姿が消えた
蟹工船　キャラメル工場　輸血協会よ
歴史からもさらば
物にみち　みちたりたとき
人にはもはや成すことも　することもないのだ
あるのは列島の土砂と
モーツァルトを聴くこと
いまはにせのゆたかさだ、
人は心を失っている、これがゆたかさではないと
でもそれは新聞とテレビが書くこと
文字がいま言葉になってすることだ
精神のはたらきなど
もはや誰にも　正確に想像できない
もう
これ以上
人間としてすること
課題を見いだすことはできない

と　人は目の裏で見ている
人間のいらない　あの国の
そんなかしわでを聴くことにしよう
ヒワの村の朝焼けのもと
汚れた学生の眠る部屋
目覚ましと化した
はるか上陸のモーツァルトを

（『一時間の犬』一九九一年思潮社刊）

詩集〈坑夫トッチルは電気をつけた〉から

かわら

醜怪な顔は
学校からも
あたたかい会社からも早くひきあげ
屋根がわらの下に横たわる
家の底に風が入るのはいつものこと
また女性がふえた都会の
かわらは　下着のようにうすく
人の縁回りを隠してはくれない
だから　ぼくの顔もじきに見つかってしまうのだ
「醜怪なお兄ちゃーん」
「なんだ」と、ぼく
ぼくはこの日も六月の社会から
電灯のつく前に
顔を伏せて帰宅している
「人間の気持ちをこれだけのものにはしたくない」
彼女は通学路の画面をひろげて
そんな歌などをうたって
帰っている
誰もが生きているというわけだ

かわらには
一つ二つとつみあげるもの
三つめあたりで
自分の視線がとどまって
やめてしまうものまである
屋根がわらは美しいことがらだ
誰もが生まれ
もう風のようには生まれることをやめた
そんな
いくつもの
だいじなかたまりだ

林家

ぼくはいま南の森のなかに
住んでいる
だらだらと長い髪をたばねて
気持ちのなかに工夫を入れている
あついのでうっとうしいが　それでも
だんだん好きになる人たちが
ぼくの家をたずねてくる

林家こぶ平の朝日新聞のコラムの
文章がいい
顔がおおきいだけかと思っていた
そうではなかった
ことなどを思う
いつも楽しみにしている
ぼくはああいう文章を書きたい
顔はおおきくても構わない

ここからが詩だが。

ぼくもまた政治家なので
文学も出世の手段としか考えない
日本には全国に詩人がいるが
無名というのはもうどうしようもない
無名なほど傲慢なことはないからだ
よく花畑で遊んでいる
のどをいっぱいに開き、
アーンといっている
葬式でも男なのにだらしなく泣く
ぼくもまた当選八回をほこる政治家なので
なんなりと知っている
のどをもう少しいっぱいに開くと
死者もまたいなくなるのだ
「泣くなよ」

よくしたもので床屋さんから
ぼくの好きな代議士が帰ってくる

頭がさっぱりとしてきれいだ
いつもの女性秘書が　いっしょに
髪を切らないのはどういうわけか
舞台のそでで
手帳をひざに置き
ひとりの女性として
男の「髪」の変化をみつめている

詩を書く人は自分の好きな代議士の一人も持つ
べきだろう
なくても作らなくてはならない
おもい当らなくても
つくらなくてはならない
空想であってはならないのだ
そこまで追い込むことが必要だ
どんな醜いと思われる舞台でも
何ワットかの電球が点いている
空想ではありえない
机そのものにランプがついたのもある

これは便利なので
だんだん好きになる

林家ぺーが奥さんのパー子といっしょに
ピンクの服にくるまって
崖のところまで歩いている
笑いがとれないと崖のところに
追い詰められるきびしい一瞬だ
でもそこに
パー子の母親の姿があり
この番組が
「無名に近い芸能人夫婦の旅路」ではなく
「母とともに温泉を訪ねる」というものだとわかった
ぼくはそれをじっと見ていた
ちがいがみえてくるまで見ていた
ついでに林家こぶ平のおおきな顔と
小さな必要を告げる文章も見えてきた
じっと見ていることにしか空想はないことのようだ
二人は温泉に来たのに

崖に近づき
だんだんぼくの好きな人になる

デパートの声

東京に出て　はじめて聞いたデパートの声は
どこかの顔も見えない婦人のものだった
海老原喜之助の「少年」という絵の前で
立ちどまった婦人は　東京の声で
「純粋ね、海老原はこのあたりがいちばんいいわ」
それがぼくの
デパートの声だった

まだ小さい少年が
うつむきながら
本を読んでいる絵で
瞳はあるけれど　年齢に足りなくて
下を向いていた

デパートの声……

両手を上にあげ
棚のなかに
パピルスの巻物を
入れている男
腰と胸に
ナイルの着物をきて
わずかな空を見上げるような
そんな姿勢
澄んだ瞳が
背中にもついている……

商売だ商売だと
店長さんは　そんな
ぼくの姿勢を叱るのである
ああそれは
久しぶりに聞く

デパートの声
もちろん上司の声は　会社では
ぼくの胸にもひびくのだ

「美都波デパートとしてはな
そういう姿勢で働かれてはこまるのだ」
とはいうのだけれど
ぼくはただ品物を棚にあげているんだ
デパートの声を
聞いているんだ

美代子、石を投げなさい

宮沢賢治論が
ばかに多い　腐るほど多い
研究には都合がいい　それだけのことだ
その研究も
子供と母親をあつめる学会も　名前にもたれ
完結した　人の威をもって
自分を誇り　固めることの習性は
日本各地で
傷と痛みのない美学をうんでいる
詩人とは
現実であり美学ではない
宮沢賢治は世界を作り世間を作れなかった
いまとは反対の人である
このいまの目に詩人が見えるはずがない
岩手をあきらめ
東京の杉並あたりに出ていたら
街をあるけば
へんなおじさんとして石の一つも投げられたであろうこ
とが
近くの石　これが
今日の自然だ
「美代子、石投げなさい」母。
ぼくなら投げるな　ぼくは俗のかたまりだからな

だが人々は石を投げつけることをしない
ぼくなら投げる　そこらあたりをカムパネルラかなにか
　知らないが
へんなことをいってうろついていたら
世田谷は投げるな　墨田区立花でも投げるな
所沢なら農民は多いが
石も多いから投げるだろうな
ああ石がすべてだ
時代なら宮沢賢治に石を投げるそれが正しい批評　まっ
　すぐな批評だ
それしかない
彼の矩墨を光らすには
ところがちがう　ネクタイかけのそばの大学教師が
位牌のようににぎりしめて
その名前のつく本をくりくりとまとめ
湯島あたりで編集者に宮沢賢治論を渡している　その愛
　重の批評を
ははは　と
深刻でもない微笑をそばつゆのようにたらして

宮沢賢治よ
知っているか
石ひとつ投げられない
偽善の牙の人々が
きみのことを
書いている
読んでいる
窓の光を締めだし　相談さえしている
きみに石ひとつ投げられない人々が
きれいな顔をして　きみを語るのだ
詩人よ、
きみの没後はたしかか
横浜は寿町の焚火に　いまなら濡れているきみが
いま世田谷の住宅街のすべりようもないソファーで
何も知らない母と子の眉のあいだで
いちょうのようにひらひらと軽い夢文字の涙で読まれて
　いるのを
完全な読者の豪気よ

石を投げられない人の石の星座よ
詩人を語るならネクタイをはずせ　美学をはずせ　椅子
　から落ちよ
燃えるペチカと曲がるペットをはらえ
詩を語るには詩を現実の自分の手で　示すしかない
そのてきびしい照合にしか詩の鬼面は現われないのだ
かの詩人には
この世の夜空はるかに遠く
満天の星がかがやく水薬のように美しく
だがそこにいま
あるはずの
石がない
「美代子、あれは詩人だ。
石を投げなさい。」

領土の思い出

K子がかんがえるときは
そのそばにいることにしている
そばにいると彼女の考えが縁日で
変わることがある　ぼくはできるだけ
少しはなれてそばにいることにする
ぼくはそばにいるのがこうして
とてもじょうずなのである
そばにいると自分では考えなくていい
フランスとスペインの間でどうでもよくなった流れ雪の
　国アンドラ
ぼくのお肌もきれいになるのである
「いらっしゃい」と彼女がいう
考えていない
「はやく」と重ねるときは考えている
K子のへそから下の谷間へとはしるかなり放胆な
使者の髪を目をほそめて耕していると

ときどきぼくが最初に考えてしまい　冬の農道
帰りが一人になる

でも「いらっしゃい」と彼女がまたいう
よく晴れて　いちごが摘みやすい日だ
中学生があふれる時刻は考えさせられる
だんだんだん世界が遠くなる
自然のできごとは彼女の考えに
氷のようにもっていかれる
定規のなかの領土で
「いらっしゃい」と彼女が別れの日にいう
それは
脚をあわせた雨の声である
農民の子を手にひろい
しずかな海岸を
しずかなだけ渡っていく

赤い紙

森高千里についてはすこし
とてもいい気持ちだ
詩を書いていると歌詞についてきかれる
歌謡曲の詞についてはどうですか」
詩と詞はどうちがうのですか」
モウ二百回くらいきかれたけれどそのたびに
ぼくは答えたな　足がよろけて忘れたけれど

森高千里は美人だ
特に足の美しさは格別　歌がじょうずで　詞が書けて
こういうすべての点でいい人は
ふつう人として現われないものだけれど
人間のかたちで現われる　それは人のためにはいいのだ
　と思う
この街、もいい
私がオバさんになっても、もいい
子供のとき友だちと　二人で歩いていて

道で　お金をみつけて交番に届けたら
みつけた人ではなく　ひろった友だちのものになるのよ
といわれて　がっかりしたけど
あとから半年後その友だちが
はんぶん　あなたにあげるよといってくれて
うれしかったという歌、題は「ひろったお金」？
たわいないけれどいいあの歌だって
人には書けない
書いても自分で忘れそうになる

でも一番いいのは「渡良瀬橋」
どうしてあんなに
しずんだ歌がつくれるのだろう
三拍子がそろっている女性は何もうらやむことがないから
ほんとうに人らしく気持ちがすなおになれる
そういうことでもあるのだろう

森高千里は青い、きらきらした服をきて
リズムに合わせてうたっている
顔の前で両手を交差させる
パラパラと　パパっと
その青い活動のなかから
赤い紙が
現われる、
ように思う
それは人間のかたちをした赤い紙
でもなくてただの赤い紙

突然の　来るはずのない手紙が来るように
ぼくはそのとき
とても多くの　つまらないことを思い
その赤い紙のなかに両手のかどをあわせていく
皮膚の前線をやわらかく流れる赤い紙
文字が書かれ　つまずかせた
なおそのことによる
しずかな舞いのようなもの

私に赤紙は来た
夕日の営倉を思い理解し戦場を懇望した
ただこの私だけはしばらく　どこかの空の枝のうえに
いてもらいたかったのだ　恋も　砕ける足もなく
もはや読み書きをうずたかくつみあげても　一人では
あの赤い紙のはらにかえることはない
忘れられた赤い紙
「なにをしたというのだ！」
といわれるまでにまだまのある
そんな声のするほうに　短く吹かれている赤い紙

ぼくは赤い紙を見ていた
青い泥と黒い泥をはらって　色が深くにじみあうところ
でもぼくは赤い紙が
それ以上いまはどうすることもできないでいる
ようすを知っている
いつまでもみつめながら
もはや知っているのだ

「ひろったお金」は
あなたはすばらしい友だち、と
二人でよろこぶ
そんな単純なところで終わる　そんな歌だった
あなたは
すばらしい友だち、と

坑夫トッチルは電気をつけた

玉が切れたのは
玉が電球の命であるからだ
命はかくも切れやすい
李朝末期に
若い坑夫トッチルは　ソキ峰（ボン）の洗い場で
青空に向け
自分一人の首を回した
五年の雲の流れがさえぎっていたからだ
山のはえぎわから

何人もの人が楽隊のように落ち
切れる命を鮮明にした

玉が切れたので
ひと足早く夜が来た
若いトッチルは大きな紫の声をはらのうしろに
ためている
彼もまた切れやすい命の一つだった
まだ眠らない
男たちの頭は古い弓のように傾き
花の頭にもつつかれる
トッチルもまた
そんな青年の四角い顔の一つだった
切れたものを切れた人間が　かなしんで
四角のままに潮垂れていくのかもしれない

紫の玉は　時代が下り
青空の見えない道を通っていた
小指の上にのり
電器店へと運ばれていた
光が戻った玉は
だらだらと光の雲をちらし
明るくなって地盤を下げた
何人もの生者を目にした
坑夫トッチルは
電気をつけた

スターリングラード

男は　子供たちである
町の外側に白い雲
夜明けの眠りの
夢のなかの
木もわずか　童々の草の原に
豆のような椅子を集め
「この髪を見よ」と
二十歳の

かもじの男が
すでに
孤独を使い切る
籠の底の
野菜のとんがりのように

ああ露語をくだけば
長い名前は
こきざみな香水となり　枝をたわめて
貧しい軒に　ふりまかれたであろう
女から出た
この空色の
かもじの髪を
子供の柳に　かくしながら

風に強く
歌のあとの歌に強く
変わりゆく胸をはたいて

また駅の近くの
大地で会おう

（『坑夫トッチルは電気をつけた』一九九四年彼方社刊）

詩集〈渡世〉から

渡世

風物詩といわれる
堅固な
「詩の世界」がある
それはいかにも暴力的なものであるが

たしかに
あちらこちらに
詩を
感じることがある
詩は
そこはかとない渡世の
あめあられの
なかにあるのだから

「お尻にさわる」
という言葉を
男はひんぱんに用いる
なかには言葉の領海を出て
「少しだけだ、な、いいだろ」と女性に迫ったために
ごむまりのはずみで
渡世の外に
追い出された人もいる
「だめよ、何するのよ」「ちょ、ちょっと。よしてください！」
と女性は
いつの場合も虫をはらうように
まゆをひそめるのだが

お尻にさわるのもいいが
お尻にさわるという言葉は
いい
佳良な言葉だと思う
あそこにはさわれない

でもさわりたい、ことのスライドの表現
のようでもあるが
そうではない
この言葉には
核心にふれることとは
全く別の内容が
力なく浮かべられている
若いすべすべの肌にふれ
「いのちのかたち」をたしかめたい男性たちは
まとを仕留めたあとも
水が
いつまでもぬれているように
目をとじたまま　お尻に
さわりつづける

ぺたぺた。

ちゅう。ちゅう。

「ね、うれしいんでしょ。これで、いいんでしょ。
でも、どうして、そんな顔になっていくの?」

そんなとき
言葉は輝く
お尻にさわる　は
その力なさにおいて
輝く
日本が
残していい言葉だ
(それがあまりにも
　身の近くにあることが
　結露をそこねるとしても

ぼくは子供のころ
言葉の前にたったとき
葉鞘のひと揺れ
土のひとくれ
人のよすみに

詩がある、それをつかめる
と感じた
だがそれはあくまで詩のようなものであり
詩ではない
別のものだ
詩は一編のかたちをした
文字の現実のつらなりのなかにしか存在しない
つらいが
頬をつねりたいが
そういう
ことだ
さまざまなものをかけあわせた
詩のようなものが
街路にあふれ
人の心に夜露のようにきらめいても
それは別ものだ
文字にできなければ棒切れなのだ
（ああ　なんてあたりまえのあめあられよ！）

詩は一編の詩のなかにある
詩は詩集のなかにある
それがみすぼらしい結果をさらしても
詩は文字のなかで点滅し殲滅する
遺体は涙でぬらす
水がいつまでもぬれているように

お尻にさわる
いい言葉だ
日本が残すことのできる言葉は
これくらい
しか
ないだろう
というところに来た
それは言葉がすべてあまさず
そこにあるもの見えるものだけにくっつく
よろこびを知りそこに憩ってしまったからだ
このあまりの静けさ、掩蔽感は
だが

この世の
誰の顔にも似ていない
お尻にさわる
は
佳良な白い
最後の言葉だ
暗闇でしばし男のものとなり
暗闇に消えていく

くろまめ・めのたま

一つ一つ黒いもの暗いものから取り上げていくこと
それは人間として弱くならないための必要なつとめであ
る
くろまめの鍋底に
ぼーんと
晩鐘のように投げ込まれた鉄

または苦労してよこに　たてにと相談し
ようやくはまりこむ多感な鉄分も同じだ
稲の国のプラントオパールの村落青年では
ブナの木の先のことはすべてわからない
みな机の上のものになってしまう
あっ、アジアに雪が！
と叫んで
娘の、それも妹のほうの白いおしりと
夜は並んで歌ってしまったやつもいる

「高橋か。ごはんはどうした」
「くろまめと、めのたまでした」
（机の角を離さず、震えて応答する高橋）
つめたい料理よつづけ
大鷲のように大空につづけ
人が　人の姿が
見つかったためしはないのだから

一人一人お礼をのべる青年の長い美

少しばかり記憶を暗くし
長靴の汗をふくらませ
こうして立ったまま暮らしていると
理想を超えた人の数がかなり多いのに
それが見えてはこなくなるのだ
つめたい家を訪ねてくる
他人の手法や時刻についても見えてはこなくなる
「高橋か」
そうだ。
「高橋なのか!」
そうだ、高橋のひげづらの妹だ

昨日の服

どの服装も
止まっている
はずだ
つまり

停止というわけだ
あの人を知ったときから

機関車のかまたきの人は
止まるのを承知で
石炭をほうりこむ
ぴたりと止まることは
愛の動きのひとつ
なのだから

人はみんな止まっている
いつもの止め金をして

戦場で
閉じた目玉を見た人は
生き残りの戦後を送る
カラスにつつかれそうな
うつろなものを着て
死ぬまでそれを変えることはない

止まった
　愛のために
彼のセンスはもう
どこからもやってこない

その弟の装いは
長い間
小指の先でゆれていた
だが肉が落ち
忘れたころに
遠縁の婦人をのせた筏が
ゆうらりと流れてくると
彼は止まった
ネズミ色の沼沢に入るのだ
もう共に
流れてはいかないのだ

「おおそれら、その、所帯じみた服装の美しさよ」

子供と夫のために
服装を見限り
かえりみなくなる人は
あたたかい
おばけのようになって錦を帛《きぬ》をつつしむ
野原にも
でかけない
「はずかしいわ。ごめんなさい。
こんなかっこうをして。神様」

みんなやさしい人たちだ
こうして他人のために
昨日の自分のために
しりぞくとは

恋のために燃え、はげしく着替える
若い娘たちも鏡をはなれ
やがて
ゆるやかな丘にでて

人を呼びとめない人となり
その静かなヒールに煤《すす》をつけていく
ああ　こんなに暗い昨日の軌道を
夜汽車は走るのか
神様！

ほおずき

●詩「ほおずき」（三五行・自由詩）の組立て

高校のころから、級友がいる。
彼は歴史が得意らしく文化祭などでは模造紙にマジックで何かこまかい文字を書いて発表していた。そのときはぼくはあまりそのことをだいじに考えない。彼はまたよく授業をきいていて質問の性格がいい。しかし、そのことを横目にぼくは鈍重に通過する（というようなことをわりあい、ぶっきらぼうに書いて冒頭を埋める）

次に、急激に本題に入る。
彼は京都の大学へすすみ、三〇年ほどたってぼくの前にあらわれた。「東インド会社の▽▽と△△における東西協業の考察」などというタイトルの彼の文章を、ラーメンを食べたあと、ぼくは深夜に二日前の新聞で発見したりする（このときの、あまりかたちのない感想とおどろきの表現には少し粘りを）。その友人はなんでまあ、こういう人になっていったのだろうと、自分のことではないだけに少し考える。どこで開きが出たのか。高校の隣の椅子から見つめる（椅子には秋口の斜光）
ひとつの頭というものは、何かを高校生の段階で準備すると、それがいつかこのようなかたちに人間を押し上げていくのだろうか。人間の別れにも光はあるが、分かれ目は特にすばらしい。「こまかい字」のあとそこにどんな筆跡と業績の杭を打ち込んだのか。学生服と顔からは想像もできない。「そういえば、ぼくの学校は想像するということがうまくできない学校だった」という一行を記し、のちの「想像」とのかけあいをほのめかす。身をゆする問題ではないが溶解しておきたいことではあるとのつぶやきを入れる。ついで、夕暮れのシーン。その男と校庭に立つ。高校から想像へ。二人の口は軽いが黒い。「きみは東京か」『そうだ』「女は好きか」『そうだ』「あぶらとり紙は見たか」『見た』「ほおずきは」『ほおずき?』

こういう詩が書きたい。構想・骨組だけを書いていくのだ。人はまだまだ瓔落《えいらく》する。老い、黒ずむ。作品だけが名月となって顔をてらすことわりはない。あたりはこうしてみると骨と空気だ。構想だけが材木のようにふれあい、ぎしぎしと鳴る。秋の左側でほおずきがゆれる。その緑の組織が、ゆれにゆれる。

彼はそのあと、ぼくと枯れた草花の話をかわし、また夜の文化祭にもどる。黒いマジックを胸に立て、高校と想像を出ていった。

王

私は傷を負っていた
通りかかった女性の王が
私を
おぶってくれた
ある日の旅の心で

「ある日の」でもかまわない
私はよろこぶ
ある日が好きだから
こんなふうに人の頭にのっていても

わたしはどこかの
女王である
シルクロード　カルルクあたりの国だろう
仏像のなかなのかもしれない
福祉のなか
物流のなかかもしれない

人間であるあいだに見たものは
人間であるあいだにしたことは

傷さえも巣居へ運んでいこうとする
静かなわたしの
頭のなかの泉よ

こうしていくらか食いちがいながらも
ペンジケントのオアシスは
人間の姿にみちていた
大地をこすりながら
羨道に向けて石を運ぶ彼らにも
話しかけたい
雲のようなものがあるだろう
人はまだ
伝えるためにしか生まれてはいないのだから

若くして頭上に立つ王と
潮のみちた旅の女王

人間であるあいだにすることは
人間であるあいだに見ることは

西の空がおわり
東の空にそまるころ
七歳にして
道を歩く

坂東

坂東一帯が
坂東とはずれた一帯とどう異なるのか
ということは
世間の風向とは別に
自分でもよくよく考えたが
どうにもよくわからなかった

私はその雨の日、

彼女の洗濯したもっとも小さな下着を
少しでも彼女のために
早くかわくようにと
近くにあった
ライトのスタンドの上にのせ
しばらく茶をのんだり
昼の男性の本をめくっていたところ
焼ける匂いがしたのか
彼女が飛んできて
彼女の顔は彼女のかなしい顔になった
下着の中心部に
島のような
火が降りたのだ
私と彼女はそれから彼女のために
かなしい顔をした
　彼女はそれを身につけてふわりと外出した

さて私は後日、坂東のいなか町の建物に入った
柱状のガラスの中に
短歌が一首ずつ入っていた
そのとき私はそれが坂東であると感じたのだ
ガラス・ケースの中で
月をうたう万葉の歌は月と配置され
くさやぶにすわりこむ古今の男の歌もあった
それはたしかに、くさやぶにすわっているのである
それらガラスのなかの人形は
掌にのるかのようにかわいいものだが
歌の状況をくっきりと示すあたたかな気配のもので
私はその建物の外に坂東の大地がよくよくひろがりなが
ら
みだりにものを引きうけず
月夜にもたけやぶにも
沈黙がなされているさまに情意を深く支えられた
いつも何かはガラスの中にあるものだ
　彼女もまたガラスの中に踏み出していた
焼けたところを裸身の一部にあて
もうじき春の来る坂東の大地の

町なかへとすいこまれていくのだ
私は昼の男の本を捨て
それを坂東の一角で想像するのだ
ライトの肌着はそのあとも
ときおり燃え移るそぶりを見せ
彼女とともに現われながら
夜でもないのに
至るところで沈黙し
ガラスの月夜をつきすすむ

（『渡世』一九九七年筑摩書房刊）

詩集〈空中の茱萸〉から

完成交響曲

草木にみちびかれて
物が見えなく　なっていきます

〔テレビ対談〕
神・岡本さん（仮名・昭和の前衛画家）
仏・浜田さん（仮名・昭和の政治家）
昭和五八年ごろ（かと思われる）。夜一〇時ごろ。テレビ東京。三〇分番組。
各界の人物が平和的に対話するシリーズ。司会者なし。
〔観ていた人〕
ぼく、荒川さん（駆け出しの詩人。当時三四、五歳か）
〔実況〕
二人とも、盛装。テーマは、日本の「□□□□□」
まず岡本さん。芸術というものは、とてもたいせつであり、芸術というものは「芸術は爆発である！」などである、などと、はじめた。「いまの日本には□□というものがなく（爆発のあとなので、ぼくには聞きとれない）、しかし芸術は、そのお、こういう、その、もう、人間の、猛烈な、そのう」などである、と。腕は、芸術の情熱によって、前後左右によく振れていた。

この段階におけるぼくの感想／この画家の作品は少しへんだが、りっぱな芸術であることは、たしかだし、ぼくはこの日本じゅうで知られているこの画家のことは人間的にも好きなので、がんばれ、と思って観ていました。しかし相手は岡本さんとは通じるところのまったくなさそうな、「逆」のお方なので、正直、どんなことになるのか心配でした。

浜田さんは、芸術の「神様」と話すので、ご満悦のようだった。しかし、彼は「お言葉を返すようですが」とか「岡本先生、岡本先生ともあろう方が」などと、慇懃ではあれ、ときおりにやっにゃっという、うすら笑いをまじえて応対。急所にさしかかると、顔相を変えて、顔に力こぶをつくり、文脈を無視、「日本の未来をになう、かわいい子供たちのために、わたくしは、○○をするのです。男・浜田が、岡本先生、ご理解いただかなくては」と、粘り強く、踏ん張る。そのたびに世にもおそろしい、国会にはいても、どの都道府県にもいないような冷たい仏様になった。当時、浜田さんは、国会で、椅子を投げたり、人の胸ぐらをつかんだりの、国会では誰もが恐れるあばれんぼうだったので、言葉の爆発はあるものの、椅子は投げない紳士的な神様くらい、ものの数ではなかっただろう。しかし浜田さんはじっくり攻めた。というか、浜田さんの話を、

全然

聞いていなかった

ように思う

この段階における茶の間のぼくの感想／浜田のような男は芸術の敵だ、なにが日本のかわいい子供たちの未来のためにだ、ふん、おそろしい男だ、というところ、でしたので、怒りのために体がぶるぶる震

えてきました。岡本さんがんばって！　ぶるぶる、ぶるぶる。現代の詩だって、小さな芸術だからね、負けないでェ、ぶるぶる。

浜田さんは「日本の未来のために」
岡本さんは「芸術は爆発だ」
平行線をたどり、かみあわない
日本の未来のために　芸術で何か爆発があるのではない
浜田さんの不気味さに　さすがの岡本さんもてこずり震えていたのだと思う
しかし政治家とはこういうものかもしれない。そしてそのほうがいいのだ、とも思った。人の話を聞くような、民主的な政治家は気持ちがわるい。あってはならない人影だ。

この段階におけるぼくの考え／でもぼくらはみな岡本さんの味方だ。岡本さんは芸術側代表として、青筋たてながらも、よく踏み堪え、静かに上品にたたかっておられる。これは絶対詩人にはできないことだ。だがこの画面を見ているうちにぼくは浜田さんの立場に立っていました。そこに立つことがむしろ芸術ではないか、と思いました。それどころか、不思議な感覚だが、芸術にとってはこのような「人間の壁」はぜひ必要だ。お金では買えないものだ、と思うようになっていました。

芸術と名のつくものは、ばかなもんだ、ということを、「その芸術の人の話」もろくに聞かずに、教えてくれる。それが浜田さんのよいところでもあると感じたのです。こういうあからさまな政治家は政治家のなかにもいなくなっているのです。詩人たちはたいへんむずかしい詩を書いていても内心は、「いつか理解されるもの」としてみる。だからだめなのです。現代詩は、「壁」の、浜田さんのような人を相手に、話をしていく。ヴァレリーの詩論を語る。朔太郎を語る。吉岡実を語る。それでなくてはならないのです。でも彼はそんな話を聞いてくれない。聞こうともしないでしょう。でも「話を聞いてもくれない」とは、なんとすばらしい、詩にとっての環境であることでしょう。夢のような、きれいな夜に入りましょう。

壁

この無理解という壁を「理解」を前提とする詩人たちは意識したこともないし、かりに見たら見たで、はなから、忘れようとするのですから。

二人の壁は　完成していました　この壁は　りっぱな壁です

ぼくは岡本さんを、そしてより重要な意味で浜田さんを好きになる。好きにならなくてはならないし、そのうちに好きになってもかまわない。「その計画」はどうでもよい。ともかく、好きになったとぼくは思った。詩人としてはこまった。これで現代の詩界から追放されることになる。でもこの感覚のなかに入れば神も仏もなくなってくる。青い河が流れていく。川端康成の近くにいた沢野久雄という作家は「夜の河」という抒情小説をひとつ残し、あとは芸術の外をその河は流れ、それ以上に遠くを汚れながら河は流れていきます。人生において、とりかえしのつかない、もうどうしようにも、どうにもできない、もっとも大きな罪を犯していく身ですから、もうそれでいいのですと、ぼくは、この問題とはちがったところから自分を沈めようとしている自分に重ねて、目を濡らし、「夜の二人」を語るのです。詩人たちの話は聞かない。二度と聞かないと心に決めた、青く、たぎるような流れの、思い出。

ぼくはこの対談のこまかい内容を実はほとんど忘れているのだが

浜田氏はテレビの画面の向かって「左側」にいた
岡本氏はテレビの画面の向かって「右側」にいた
これだけは
たしかである
ぼくの詩はこの日をさかいに
「日本のかわいい子供たちの未来のために」
左傾する

石頭

午後一時のウー・ラッにはまだ
朝が残っていた
あまり好きではない深い緑のシャツを
背中から掛けた
「用意はいいか」と
自分にどす赤い声をかける

英語の黒い家があちこちで生まれ続け
ウー・ラッも黒い屋根にみずから閉ざされる
国民的作家である彼は
玄関から
出れない彼だった
いくつもの詩文が発表されていたが
それらは生活、身の上、法衣を述べて人のかけらもなか
　った
「英語はハイネを伝えなかったようだ　とりわけその変
　節を」

同じようなありきたりの
色づかいの月が
砂空に上がり
どうかすると自分の信条に反して
「固くなった。もう固くなった。このようにいっぱいの
多くの月がいまの人間によってさかんに描かれるという
ことは自分の月はまちがっていて、いっぱい見かけるあ
のような静かな、みだらな月でいいのではないか。もう
固くなった。固くなった。そのような月ばかりでこの世
界は続けられるのかもしれない」とまで思い
玄関から外へ
出ることができなかったのだ

「きれいな月ですよ」と
近くの婦人が外から声をかけた
「ああ、ほんとうにきれいな、月日だと思う」
と彼は述べて　石頭を
月へ向けた

▩以上の反戦詩「石頭」は公表に際し、次のような
　好戦詩「石頭」に切り替わる

日本の秋
深夜の教育テレビで
ある小学校の児童たちが
夏休みにアルバイトをしたときのようすが報告されてい
　た

幾日かケーキ店でエプロン姿で働いた二人が
ＮＨＫカメラの前で
「アルバイトの感想」を述べる
小学五年生の　太郎くん（日本の児童）
小学六年生の　辰子さん（一九世紀末ビルマの詩人・背
　が高い）
二人は横に並ぶ
まずは太郎が
「お客さんにケーキを渡すのにてまどってしまって、変
な顔をされてこまりました。でも実際に
いろいろとやってみて勉強になりました。学校ではあん
まりできないことなので毎日楽しかったです。もっとし
ていたい、と思いました」（ペロッと舌を出す）

次に「背の高い」辰子に
カメラが向けられるという瞬間
太郎は
辰子のほうを見た
（下からのぞきこんで、にっこりと）
それは
「ぼくは話をしたよ」という顔
それは
「ぼくは話したよ。君はどう思ったの」という顔
余韻を引きずり、いくらか紅潮したその表情は
空を描きかけた流星のように止まっていた
「ぼくはすんだ。今度は君だよ。どんなふう、だったの
　？」
ちいさいときはいつも　こんなふうに

つながっているものだ

辰子は　答えた
「ビルマではこの夏も貸本屋のアルバイトをしました。どこかのおじいさんがウー・ラッの本を借りていきました。
今度は作家ウー・ラッ本人が奥さんの袋に入れられて借りに来ました。月が輝いているのでした。口のない毎日でした。でもわたしはいまはそこにはいない
わたしがいろんなことをして　ちいさな石頭になるまでは」

（太郎とはまた　その隣りで過ごしたい
わたしたち二人は
ちいさいから
やがて
仲良しになれるかもしれない
大きなお風呂では　別々だけど
そのあと月の下を二人で歩きたい
道を歩いていくように）

朝、玄関を出るときだ
袋に
太郎を詰めながら
辰子は　そう
思っていたのだ

文庫

町の人が堂森さんと呼ぶ堂森芳夫さんは
国会に　当選したかとおもうと落選　また当選
堂森さんの政党も政界の主役になれないでいた
それでも町の人は　彼と自分を頼みにしていた
鍵をかけずにみんなで外出する日もあった
「ね、堂森さん」

町立図書館の「堂森文庫」には

堂森さんの読んだ本もらった本などが並んでいた
向坂逸郎、細井和喜蔵、幸徳秋水、新井紀一、森山啓、
北山愛郎、山川均、戸坂潤、与謝野晶子、神原泰……
赤み黒みの本ばかりだけでもなかった
すべては文章であるところから
桃色の鍵が
かかっていたからだ

子供たちが童話の部屋へ行くとき
そこを通った
おとなたちが夜の歯を磨いていたころ

空中の茱萸

故郷の海に向かって歩いていた
茱萸（グミ）の枝をちぎり　目を細めた自分をその
　ままに
しばらく　そうしていると
向こうから犬を連れた男の子がやってきた
その少年は述べる。
「あなたはそれを、グミだって、いつもい（言）う。
ほんとはそれは、ズミのなかま。グミとに（似）て
　いるけど」
たしかに。ズミは実（み）の色（いろ）も、へんだ

ピーター・パン　ではなく
ピーター・ゲイである
新書『教養としての歴史学』（一九九七年一一月刊）を、ぼくは、ズミのそばで読みはじめる。その冒頭。
「だから歴史が気になるわけで、ピーター・ゲイではないが、歴史のスタイルが気になるわけです。スタイルって、ピーターはこれに文体という意味をあずけています。歴史家が歴史を書く、その文体です。ピーター・ゲイはそういう本を書いて、わたしはその本を読んで、くやしくて身体が震えました。こういう本を書きたかった。これはわたしの本ですよとピーターにいってやりたかった」。――著者、堀越孝一（学習院大学教授）。

ぼくはピーター・パンに興味をおぼえた。なぜならピーター・ゲイという人について、そこには説明がなかったから。教養は冒頭から「突然」だから。

同書、本文。

「マギステル・ウィレーは、文学と宗教が十七世紀のクライメイト・オブ・オピニオンにどのようにあらわれ、どのように作用したかをこの講義録で試みた。そのことが序文に書いてあって、オピニオンはそういう文脈で出ているのです。そうして肝要なことは、マギステル・ウィレーが常に問題にしているように、オピニオンは集団のものであって、個人のものではない。そこのところが肝要なところで、いまのフランスの歴史学を支配しているアナール学派のコトバづかいでいえばオピニョン・コレクティーヴでしょうか、オピニョン・クーラントでしょうか。イン・マイ・ヴィューとはいうけれど、イン・マイ・オピニオンとはいわない。そういうことです」

歴史学の本を開くのがはじめてのぼくは、これはうれしいことだ、うれしいことのなかに全部含めていけると思い、このこみいったくだりも少しも苦痛ではなかった。

特に歓びに感じたのは、「そうして肝要なことは」のあとに「そこのところが肝要なところで」と、同じ表現を「重ねる」ところで、この著者は「肝要なところ」を歩き回るのだなと思ったしそう思うほかなかったのである。

これは、いい書物のグミだ。ぼくは本を胸に抱き、ズミの枝を片手で折る。

次は「ピロソポテオンだしスプーダイオス」という小節の冒頭。

「なんかやたらカタカナ表記で、説明の必要があるでしょうねえ」とある。この、「必要があるでしょうねえ」という言葉の、「でしょうねえ」が、とりわけ、そのなかの

「ねえ」

が、目にとまる。著者は「説明の必要」を感じとるだけではなく、読者との対話を心がけているのだ。「ねえ」はその後も頻発。そしていっこうに、親密感の漂う気配はない。だが一人語りの支配は続く。「アルキビアデス、ビューティフル・ボディ」の冒頭。

「なんとなんと『アルキビアデス』ですねえ。いや、じつは『アルキビアデス』とはなにものか。これはじっさい頭が痛いのですよ」とある。ここでは「痛いのですよ」の「ですよ」だけではなく、「痛い」にも目がとまる。この痛みは、グミの棘か。ズミの棘か。本書の内容は〈中世びとにとって、歴史は因果関係でも発展でもない。いまの見方でみてはならない〉というものだ。だが本書は内容ではない。そんなまずしいものではない。ぼくには見えない、空中に、それはあるのだから。

「おもしろいのはこの翻訳にフィリップ・ノイレーという人が序文を寄せているが」（なにが「おもしろいのは」なのだろう）「ですから、そこまではいわないことにしましょう。（改行）ですから、話はランケがベルリン大学の講壇を去った年、一八七一年に限定しましょう」（「ですから」がなぜこんなに隣り合って反復されるのだろう）、「わたしがいうのは、一八三四年から一八七一年までの『エポッヘ』が神に独自に対している。その『アイゲンヘイト』はなんなのか」（なぜ「わたし」がいわなくてはならないのだろう）。「わたしがいうのは」は、本書の一頁にひとつふたつは出るほどの著者偏愛の言葉で、それに「とはなんなのか」「おもしろいのは」もみだりに好まれているので、それに「だから」「いえ」「ですから」も多いので、「いえ、ですからわたしがいうのは、マイネッケのコトバのネクサスでは、『シュターツレゾン』は『国家の道理』です」というあたりで、ぼくは読者としての感覚を失っていた。おもしろいのは、わたしがいうのは、とはなんなのか、ですから、ぼくは、グミの陶然たる流れに、犬のように白い腹を見せるしかないのだが。

この本は　心をとらえる
ぼくはどうして　顔をゆがめてまで
この本を好きになっていくのだろう
いなかにはこの一冊しかないから？　ちがう
母の念仏の本がある　父の吉川英治もある　ぼくの
　　梅田みかも
「歴史」の本だって。

あからさまな教養、自己回転、言葉の飛び込みと身
　振り、手順の私情、
「こんな本」
だが書物とはいつもこのように手に　枝を折る手に
あまるもの、さか折れのものでなくてはならないの
だ
ぼくの血は　少しずつ回復する
グミではなく
ズミの血をつたって

完全無欠な言語と首尾をととのえた数多の書物に感
　動はなく
そうではない至極彼方のものによって引き出されて
引き回される冬の葉の空中の流れ
あまりないズミ　あまりはないズミ　ズミ　ズミ

ズミは砂地の斜面に　ななめに生まれ立ち
海のほうへ
王族をねかせるように続いている

グミもまた
赤い実の
群れをなし
破れるほどの群れをなし
それに続く

秘密の構成

大通りの沿道に立つ自動販売機の下には
ときおり日本的な砂があり
枝という植物の破片とからんで
白くなった十円玉が
身をかくしている
I子は二〇歳
一日に百円しかない日がある
その十円玉（誰かがジュースなどを買ってとりこぼ
　したものだが
一日三〇〇〇円で暮らしているのでさほど必要では

ないと感じた男や女たちのもの）を拾い集め
それで一日を
百十円にすることがあった
ぼくは彼女をひとばんじゅう抱いた
夜の十円を見つめながら

パステルナークの小説「ドクトル・ジバゴ」掲載を拒否する、ソビエトの雑誌「新世界」編集委員たちが作者に宛てた長文の手紙の冷気を流しこんだばかりだったのだ。パステルナークよ、あなたの小説には、

「最高の筆でかかれたページ」

があるとはいえ、

「異常に拡大された個人主義」

によるその小説世界はあまりにも非客観的なものであるという激越な声明文である（草鹿外吉訳）。広地、葦原。パルチザンの散兵線の銃弾に倒れていく白軍の少年たち。そのときのジバゴの「二重の感情」が当局には容認しがたい、理解を超えるものだったらしい。そのあとぼくは、日本の文章に飛び乗った。観光バスに飛び込むように。


I子が十円玉で他の男に電話をするように。

「木島一郎君。君は、時計蓄音器などの店舗を出してゐる。……君はまた昨年から金魚のらんちゆうを飼ふことに凝りだして、……君は、また……」

「鈴木金二君。君は、町の魚屋で魚金と云ふ屋號の家業をしてゐて、……君は、芭蕉の俳句に心酔して、……」

この瀧井孝作「近所の友」（昭和一〇年）は、木島君と鈴木君は「兩人共、モダン日本風の性格だとぼくは思つて茲に紹介した」で終わる短いものだった。この随筆も「異常に拡大された個人主義」みたいなものだが、日本の文章としてはとても好調なものだ。とりわけ「君はまた」というところに、ぼくは二度三度と目がうるんだ。「君はまた……」「君は、また……」。I子君。君はまた、誰かとの十円の夜を。

そうだ　これからは
砂の大通りに出よう
木島と鈴木は　夢から踏み出すように

砂のひろがる通りに出て
白軍の少年の死体のように
光をあびつづけた
とてもいい道だ

いつもぼくらの日本はとてもいい道だ
「君は、鈴木といったね」
「そうだ。そうであると思う」
………
「鈴木君。君はまた、の鈴木君だね」
「そうだ　と思う」
歩きながら
彼も目にいっぱい涙をためていた
ひどい。ひどいことになるなあと
鈴木は思った

きみとぼくが歩くときはいつもきみとぼくになるね。
その間にあって、そこに隠れている人、秘密の構成
というものはこの世にはないのだろうか。

「いや秘密の構成はない。文章のなかへ現れるとそ
のときではなくそこから先が離れられない関係にな
る。作者はとうに忘れているのに、子供も生まれて
いくし、父親も母親も生まれていく。たとえば十円
玉のあのこがいるだろう。そういう夜のなかを歩み
たまえ、歩み出してみたまえ。金魚を飼うと、金魚。
犬を飼うと終生犬を飼うしかない」と、木島は鈴木
の声で笑った。

この砂の大通りを
モダンな二人は
堅い首をしたままで
人々の母親の家、父親の家をひとかどずつ通り過ぎてい
　った
それらはいつも明かりがなく門もとざされていた
鈴木には
年老いた父と母がいる
その父と母を東京へ運ぶ面倒と
そのときの自分の苦しげなこころの　かっこうや

変なところで父の腰の隙間が直立する姿について考えて
いるとき、

ふと思った
父を背負う自分の悃惚の　あわれな姿を
マンガのように思い描いて　のみこんでみたらどう
かと
すると背景はかみくだかれ　広地、葦原に太い光が
ひろがった
この年になってはじめて
マンガというものを！
理解したのだ

医師ジバゴは突如、白軍の少年を抱きかかえた
このときこの他に何があろう
映画のなかでは大きな白い光の散乱だった

少年は広い野の底に
鳥のように落ちていた

薄い化粧がほどこされ
個人の　大地への浸透がはじまる
簡単なスケッチの線と空白が
彼を遠ざけながら　ついばみ　押し包み　くるんだ
大きく白い
光の顔が散乱した
鈴木は　鈴木の父の家に到達した

（『空中の茱萸』一九九九年思潮社刊）

詩集〈心理〉から

宝石の写真

コナラ、クリ、クヌギなどの宝石
崩壊をのりこえて列島各地へ散らばった人の、七つ
　の沼の、七つの数字
明治一七年の墓石　コナラ、クリ、クヌギなどの宝
　石
以下、波に浮かぶまでの長い
　切手の道
資料／平成一五年版「郵便番号簿」（日本郵政公社・
　二〇〇三年一一月）
資料／最新県別日本地図帳（国際地学協会・二〇〇
　四年一月）
資料／埼玉、高知、長野、山梨、岐阜の『分県地図』
　二〇〇三年版（ザ・ダイソー）

落合寅市は、嘉永三年368―0103小鹿野町般若の
　生まれ、369―1503吉田町下吉田で炭焼き、蜂起
　では副隊長。銃撃戦のあと、高知県土佐山村に逃れる。
「土佐山村の土佐山なら781―3201、それ以外の
　村内なら781―3200〜3223の間になる……」
「三津子先生は、まだ来ないの？」
「まだみたい。各自、練習しておくようにって。ぴいぴ
　い、ぴいぴい」
落合寅市は「3」から、「7」へ移動。縦笛教室は、
　移動なし。ただし土曜日は横笛組が使うから、第二
　会議室へ仕方なく移る。廊下をすべって移り行く。
　移り過ぎる。行き過ぎる。泣く。縦笛を吹く。

島崎嘉四郎は369―1505上吉田の生まれ、主に3
　68―0115小鹿野町日尾、368―0114小鹿野
　町藤倉などを歩いて同志を集め、本陣崩壊後は384―
　0502長野県佐久町大日向、同町384―0503海
　瀬、384―1101小海町東馬流と転戦、384―1
　305南牧村野辺山の戦闘で消息を断った、とされたが、

のち、甲府に千野多重の名で姿を現わし、

乗合馬車の御者となる

大正八年没。墓石（半分が宝石）は４００―０８６６甲府市若松町。墓石は縦、宝石は横。縦笛を吹く。

その人生、「３」内におさまって移動、乗合馬車は「４」。そしてその「４」で、いのちの車止めとなる。

「わたしたちの縦笛、もう一五年も、みんなで練習しているけれど」

「そうなるかな」

「ただみんなで集まって、ぴいぴい笛吹いて、年とっていく。こんなに長く続けると、わたしみたいに笛のへたな人でも、じょうずになるわね。でも、じょうずだった人が、へたになる」

すべての事実は日本でしか起こらない。

井上伝蔵は、安政元年３６９―１５０３吉田町下吉田生まれ、会計長。解体後、同町３６９―１５０３関耕地の斎藤家の土蔵に隠れすみ、そのあと北海道へ渡り、０９０―００００北見／野付牛へ。伊藤房次郎の変名で代書業、詩文ものし、当地で結婚、死亡一〇時間前に、写真をとらせる。家族に、この死んでいく男は「井上伝蔵」であることを明かす。きっぱりと話す。死ぬ。「３」から「０」へ。

きっぱりと話す！　死ぬ！

「じょうずだった人が、へたになるの」

北見／野付牛周辺の平和、共立、朝日、栄、大和、日出、八重などの地名が第九条のまぼろしをはためかせる

みんな日本に住んでいたことがわかるね

その人生を生きることよりも先に

この、住んでいたことがわかる。ここで笛、太鼓。

その事件から二〇年ほど前の「３」。もうひとつの本陣。「夜明け前」本陣、青山半蔵は３９７―００００木曽福島町関町の勘定所と、３９９―５１０２山口村馬籠（宿）

の往復に明け暮れ、頭部のもつれるときは399―5102本陣から、397―0201王滝村の里宮へでかけた。399―5301読書、399―5502須原、399―5601桟、397―0101三岳村黒田を通りというように「397」乃至「399」の山里の中で少しずつ番号を上げ下げして、深山にはいり、宝石の音を聞いた。

半蔵はまた238―0022横須賀市公郷の遠い先祖の遺族を訪ね、行き帰りに「1」台（東京）に入ったが、「1」ではとても疲れた。508―0006中津川在の香蔵、景蔵に会いに行くときは「3」が「5」になるが、くにが違うものの、すぐ隣り。土曜日は椅子をもって、隣りの第二会議室へ移動。第一会議室では横笛の、宝石がぴたぴたと音を出す。

なにもかもが終わっても
七つの沼に残る
それが枯れた柱のようでも

激しい市町村合併の挟撃をのりこえて　人は組み立てる
ぴたぴたと土の上に　家のなかへ
縦笛の練習／銃撃はきょうも続く

501―0313岐阜県瑞穂市十七条の、副隊長みさこ
は
501―0314岐阜県瑞穂市十八条の、会計長ももこ
と
口でぴたぴた濡れた縦笛を抱え、暗い道を帰っていく
夜の雲がなければ　ここはおおきな世界だ
半蔵の愛した508―0000恵那山の優しい姿は、
　508―0323菓子上（恵那郡付知町）
509―7208姫栗（恵那市）
509―7501木ノ実（恵那郡上矢作町）などの
　甘い地名からは見え
510圏に上がると三重県四日市市となり　からくも見
　えない
それでも
「じょうずだった人が、へたになり、

でもそのあとに、といっても、ずいぶんあとよ……」
「ええ、ええ」
「そのへたになった人が、
また、じょうずに、なるのよ！」

二人は楽しそうだ　日本でしか生まれない人たちだ
コナラ、クリ、クヌギ、ヒメグリの
宝石
七つの沼も七色のさざなみをたてる
男のかたちは水のなかの子どものように消えた
遠くの山のように低くなり　目に浮かんでも見えなくなった

（泥をはねて）ああなにか土台になるようなことをしたいな
わたしはいいな
そんなことより
（笛の器量を上げながら）なにもかもが
なにかの土台になるような、ああそんなことになりたいな
「宝石よりも宝石の写真なの」
「そのようね」
山々の模様のなかに５０１―０３０３森、が見える
余った手を出して５０１―０３０７唐栗、をとる
縦笛の二人は　女のかたちで横になる
また起きて
ぴちゃぴちゃと歩く

こどもの定期

森鷗外の「寒山拾得」
（ふつうは、かんざんじっとくと読むが、こどもはかんざんしゅうとく、と読む。どちらも正しいではないか）
は思わずにっこりするようないい小説だ
それでも鷗外のこどもは
鷗外に質問する
「その寒山と云ふ人だの、それと一しょにゐる拾得と云

ふ人だのは、どんな人でございます」（森鷗外「寒山拾得縁起」）
ほんと、どんな人だろう

「寒山拾得」が書かれる一〇年ほど前の、明治四〇年
朝鮮から来た国費留学生・李光洙（イ・グァンス）が先輩の下宿に遊びに来ていた
波田野節子の講演「李光洙と明治学院」（「言語文化」一五号）
によると
一五歳の彼ら二人は
どうも「抱き合って寝ていた」のかもしれないというう
狭い部屋だから？
うん（と李光洙は、日本人であるぼくに答える）

正確なことを知っていくと　みんなどうなるのだろう
鷗外は
そんな点に注意しながら
自分の部屋で
「寒山拾得」を仕上げていた
こどもたちのために
あわてて
（もう少しでこどもが逃げることも
自分は知っているようなので）

抱き合う人があるということは不幸なことだ
女を抱かないと話もできない、そんな男にどうして
　生まれたのか
李光洙は日本に来ると早々と女の場所に行き
自分の一五歳を次々に捨てていった
「お庭でもみましょうよ」と婦人がいうと
廊下の陰にかくれて多くの男たちが眠ってしまうように

都内ＯＬ、岩間宏子は思い立って
平成一二年の五月から、「新・新小説」の定期購読をはじ

めた
ある月の「新・新小説」におもしろい記事がのったため
だ
この雑誌を続けてよみたいが
いつもいつも書店に来るわけにはいかない
彼はわたしが書店に入るとわたしのスカートをひっぱる
しで
なかなか「人間についての本来の行動をとれない」
それで「女性が」確実に入手するには
定期購読しかないと思ったのだ
昼休みに郵便局へ購読料を振込みにでかけるのは手間だ
が
(彼はわたしが郵便局へ行こうとするとパンツをひっぱ
るのだ)
定期購読をしてみると、次々にいいことが起こった
あのように　毎月確実に訪れるので安心だし
封筒を切るおりの感じも　平らな坂を降りているようで
ここちよい
「あなたの期限は来たる四月に切れます。引き続きのご
購読をお願いいたします」とあり
自分が忘れられてはいない、と感じるひとときは濃厚な
みそ汁のようなものだった

「じゃ、またね」
「はい、四月になったら」
明治学院中等部留学生・李光洙は友人の下宿を出て
白金台の坂を降りる　平らなところで
少しぐらつくようにして品川の方角に向かった
人にできることはただ地面を見て歩くこと
日本で拾得は「しゅうとく」ではなく「じっとく」
であると思いながら

大衆の一人、岩間宏子は「新・新小説」新年号を手にし
印刷もまあたらしい「寒山拾得」を読む
山寺の二人、あらわれ方、かわいいなあ、ふふと
わらい、定期購読はこの点でもよかったわと思う
(山なかの長い坂道を歩くように)

「あ、それから！」と李の友人は
白金の坂を追いかけて来ていう
日本はいまわしいが
ぼくはぼくのいるいまの日本を少しずつだいじに
思っているところだよ
ぼくはぼくという、こどもを
この国に捧げたのだから
でもあの濃いみそ汁だけはなんとも　と笑い
笑顔の半分をたやすく夕日にあてた

女性の一人、岩間宏子は思う　正確なことはわからない
けれど
こうして一人で坂を降りていると
人に見えないところでわたしも顔も　しあわせになって
ゆく
女性は誰に抱かれなくても、そんな思いになるものだ
わたしの値段は高い
「期限切れの四月までなら」誰かが追いかけて来て何か
を述べることもあると

つぶやきながら美しい胸をそらし　ぐったりとしてきた
文豪の一人、森鷗外は　座敷から
逃げようとするこどもたちに
あわてて云った
「寒山は、経巻をもつ。
ホウキをもつのが拾得だ！（と思う、たしか）
二つを
とりちがえないように」と。
こどもたちは
めいめいの駆け出す背中から
自分のバスの定期券をとりだし　期限を見ていたが
「じっとく?・?・」
少しぐらつきながらも品川方向に向かう

デトロイト

ぼうっと目の前にあるものを

見ているとき
その人の「見る」枠組みのようなものがある
そこにトマトを入れる人もいるし
他に会社の建物、故郷の山川、霜の墓地など。
生涯、その視野は　変わらない
他人になれる少し前に　かきけしてしまう
ね、金子さん
　はい、根来さん

基本的なスケッチのようなものだ
これはこう、あれはこうと
思う
静かな「夜の秋」
舞鶴の港
綾部方向から夏の列車があらわれ
父が降りた
父「どうだい戦地は」
息子「なんとかやってるよ。デトロイト知ってる?」

父「フダユソウの改良だ。赤い線の野菜だろ。くせがない。いい味だ」
息子「スケッチした?」

夜行列車のなかで
似たような頭を見つけた
だから息子には列車のなかで何度も会ったのだ
「息子の姿は、どんなに小さくてもわかるものだ」と
父は最初のひとことを言い
落ちていく蝶のように
消えて行った

スケッチはつづく
希望がつづく

いつものわたしたちのこと　入れることはやめようね
習字が壊れてしまうから
金子さんと根来さんは杖をついていても
男の子のようにかわいい顔

いい相談をしている
いつも何かまちがっているみたいだね
二人とも父を亡くして五十五年もたったから

人が列車のなかで行なうことは
まぼろしだ
ベビーリーフを頭にのせた大原女も、強いまぼろしだ
強いまぼろしには
何度も会ってきた
シカゴでもデトロイトでも
冷たい野原の海をあびるようだ
盥の水でもあるようだ

綾部方向から次の列車がやってきた
また杖を横に
土手にすわってスケッチだ
「ねえ、また会おうね、変わらない?」
「変わらない」
「どうしたんだろう。涙なんか出て……」

黒い会社の建物をもつ人は
ぼんやりと軽く会社をかぶせながら
スケッチだ
故郷のくもりぞらをもつ人
墓にいのちを落とした人
思い出をもつ人
そこに
トマトを置いていく人など

心理

新幹線で三島駅を通るたびに
「ああ、もっと勉強しなくては」と　子犬は思う

昭和二十年　終戦の年の十二月
静岡県三島市に「庶民大学」の序章は生まれた
講師は三十一歳の

東大助教授丸山眞男
学生、商店主、農民、主婦、子犬が集まる。
講義の中心は「なぜ戦争は起きたのか。どうして日本人
は戦争を阻止できなかったのか」
という根本的自他の冬の問いかけに応えるもので
初回「明治の精神」（この日　子犬が集まる）
翌年二月から四月は「近代欧州社会思想史」（八回）
十二月は「現代社会意識の分析」（二回）さなかに彼は
雑誌「世界」に「超国家主義の論理と
心理」を発表、
漱石の小説「それから」のせりふと
戦争中の軍隊教育令、作戦要務令をとりあわせるなど
の斬新な手法と論理で　戦争に至る
日本の精神史を描き出す

「許さん！」というメモを
子犬はバッグのなかに
しのばせて歩いていたら
それが町の風でこぼれ落ちて　子犬のもとから

ふわふわ空を飛んで
それは「ゆるさん！」ではなく「許さん」という韓
　国の批評家の名前だ
その許萬夏さんからはよく突然国際電話がかかるが
彼はたいへん明敏な人で
以上のような話も
「三島教室というのがありまして……生きた人の、
　生きた話を
生きた市民がきいた、というような　事件」
くらいに早口でしゃべり
あとは
ぼくはびわが好きです　びわもお月様　などと
何の関係もないことのひとつふたつ言っておくと
（これが　重要だ）
ものごとはちょうどいい具合になり
すべてを
理解してしまうという人なのだ

外国に対しては　電話がちょうどいい
　つながるときも
　切れるときも

丸山の生活は庶民と同じで衣食住はままならず貧窮の底
を這った　普段着は軍服と軍靴　あいまをみて郷里「信
州」や常磐線沿線まで買い出しにでかけた　軽い荷物と
重い荷物が駅を通過する　とても静かな駅を

菊池寛の「源氏から西鶴に飛ぶ」に、衝撃を受けた。
――と、川端康成は書く
心理は　この論理に　おどろく
「菊池のこの言葉は私の骨身にしみて、爾来、時代と芸
術家の運命とを思わせてやまない」
「日本の小説は西鶴から鷗外、漱石に飛んだとするより
も、西鶴から秋声に飛んだとする方が、私はいいように
思う見方である。鷗外、漱石などは未熟の時代の未達成
の作家ではなかったか」

「飛ぶ」とは雲をつかむ話だ
「西鶴に飛ぶ」「秋声に飛ぶ」
といわれても
子犬は生まれたところを歩く
心理は
心からは遠いところ
大叱責（おおしかられ）の大風！

　柔和なことばかりである
それはきれいな富士を見るようだ　重い荷物が通過
　する　風景のなかの
　静かな駅を　子犬とともに

「丸山さーん」
なんだね
「駅はそっちです」
ああそうだ
「ただ、ひとつ心配なことがあって」
なにが？

「未熟の時代の未達成の作家って、心配で」

「また明日ね」といいあって
駅の階段を降りていく姿が
この世では美しいもののように思う
また明日　彼女と若葉の茶をのみ　靴を締める男の
　希望のなかを
阻止は　流れていくか

心理の発表はこれからもあるかもしれない
出たら
雨の日の傘に見せよう　子犬にも

これからも生まれたところを
歩いていく
心理だ、「心からそう思いました。また明日って」と
許さんにいうと
国際電話は風のためだろうに
突然切れた

美しい富士の山が見える　作戦要務令もあらわれ
そこに
感じたものが生まれ
丸山は
流れるように階段を降りる（子犬も）

話

尾崎紅葉は明治三二年の冬に
文学口演なるものを
日本で最初に行なった
最初だから　目をのせるだけの
小さな椅子が並んだ

そのころは耳に楽しいこともいっぱいあった
そうではない人もおおぜいいたのだ
まずは遠くから来た四人、三人の野原が目にうつり
次に十人、二十人の

やや健康そうな人たちが
椅子に加わり
目をのせかえながら　こちらを見た
冬の冷たい風はなく
冷たい風にさそわれていた

口を開き　話をはじめる
冷えてゆけ　何もかも冷えてゆけ
子供のような椅子のまま

あからしま風

あの道この道で　犬にも触わられた　赤絹の
覆いと　女性のような指を枕に
しばし休息する

以下、七、八編の詩を書く
時間のゆるす限りに

詩「あからしま風」
暴風が最初に見るのは玄関
玄関はやはりはじめから
傾いていた
わたしが思い
そのあと
誰もがそれに気づくことになるこの世の中
白い手をもった体は
ウラジロの葉を見せたまま
一枚流しの平野を渡る（急いでいる）
あからしま風

サンディカリスム研究会での片山潜は
四年前は黒死病が、今年も黒死病がと演説し危機感をあ
おる
ずいぶん黒死病に
熱心ですね
といわれたまま
一般の病気で没した

わずかな数人の婦人の寄せ鍋のなかに
黒死病の演説が　題「帰っていく」

被害者家族の演説はことばも磨かれて
聞くものに
休息が必要になってきた
北の人たちにも似た長い長い氷の節季　そこに現われ
「誰の話もきかない」
われら　せきぞろ（節季候）

題「ごめんください　こちらが美しい」
わたしたちが思い
そのうちに
誰もがそう思うように　願うようになる（ああ、肩がい
　たい）
寄ってよ　せきぞろさん
玄関と社会観が
赤鉄を
たわめながらつづく

金さんはいつもあんなに日本を憎んでいたというのに
どうして変わったの？　寄せ鍋？　あからしま風？

題「対石説法」
石のなかにはごつごつしたもの
向きをもつもの
横すわりするものなど。
等間隔に並ぶ石の群れに向かって
説法がはじまる
「でんぱたは、緑（ここは川なかなのに）
きみたち石には　石と砂がある」
それで石のひとつは動いて
ざぶざぶと涙の落ちる音がする

たいせち
たいせち　と
せきぞろは鳥追のあとを追い
家と家のすきまを走る
指紋を残すようにもみえるのは

光のせい
詩「振り向く」
この家に寄ってくれ
今だ、
え、だって自分たちせきぞろさんたちは（さん、は余計）
たしかに門付けですが
ほうぼうの家に立ち寄ります
今日といわれても「いや今日だ」
権力をもつ人はおそろしいことを平気でつづける
若いせきぞろには　もっとつらい行いをしているらしい
醜容の世はいつまでつづくのか
人に差し出せる唯一のものを　ぽたぽたと
こぼしながら

詩「中央公論社」
〈日本の歴史〉全二六巻は三〇年以上前のもの
いまでは内容が古い
現在各社から〈日本の歴史〉が出る
カラーを駆使しきれい　どれも学術論文でよくない
だが吉野ヶ里、三内丸山、江藤淳、携帯電話、冬の台風
　など
新事実多い　歴史の本は新しいものしか読めない
だが〈日本の歴史〉当時の執筆者には
古い事実のほかに　あった
ウラジロの笠を濾す光
曇った活字　歴史が見えてこない文章なども。
つるし柿をつくりつづける今立町の農家からは
柿をいぶす
もうもうとした煙
火事ではと思うのは瞑想中の学童だけで
村人は思わない
静かな煙で　電路の線がうごく　うまくいく

消えたのではない　変わったままだ
指紋押捺は抵抗しながらもみな
それをさせられたが
詩「ひどい思いをして　たたかっても」
なくすことはできなかったのに

ある日からひょいと指紋のことがなくなった
とりきめた人は
それまでの自分（とても光る目の色）をどう見るのか
それまで永く服従した人たちは
あの　懐かしい山をこえ　岨づたいに
笠をふくらませていく
丘の上を見回るために
詩「再びここ数年の世界を見ていては」
わからないことが　浮かび
せきぞろは
そろそろと
懐中から特色を　ひっぱりはじめた
ここ数年を　思いだそう
心の臓以外の中心の
くるくると外へ回り出るところ

詩「友人の家の玄関」
帰ってみると村は冬で
ひとひとりいない

まず老いた友人が顔を出し
その子供たちが出てくる
誰も出てこない家が　いちばんよいものではないかと思
　われた
赤ら引く朝
朝から風は冷たいね
国境をいのちをかけて越えていく人のじゃま
もはや何もしない韓国の人たちの新生活の
ためにもじゃま
柿の構成のためにもじゃま
こちらで遊ぼうねというと
あからしま風さんは
どうしていつも
自分が「かわいい」という表情を
するの？　と
自分のことはかわいいの、そしてね
詩「赤い雲」
赤い布を被った　小さな死滅の草だからね
数年は怖いよ　攻撃したよ

きみたちの父さんも　あの体で（友人が玄関に出て
衆論の下駄を女物からそろえはじめる）
実は
わずかな人だけが
この世に生きているんだよ（女物から男物に移る）
とてもわずかな人たちだ
さがしていてね

激しくなって
それは激しくなってね
だから
かわいいの
目も　こんなふうになるの
せきぞろは
その目をこれまでにない　かわいい目にして
くるくると回した
（もういいのに　まだ紅潮し　回したと思われるまで回
　していている）
くるくるくるくる

の余興のあとは　何もない
ようやくそろえおえた下駄　あの体
いのちにおしかぶる霧の音
子供たちの山となる　向こうの高い山
負傷した攻撃の赤い雲を　静まる風を
ことしも友人の家で
見ている

（『心理』二〇〇五年みすず書房刊）

詩集〈実視連星〉から

船がつくる波

いま見えている波は波
船が水をかき
そして進み
それがつくる波
そのまた波

くぐるときに
高くから見る人
手を上からふっている
買い物のかごと

ぺたんとした目
買い物のあと

水はその次に来た船に
与えられ　借りられ

真金は
鉄のこと
鉄はきのうから　わたしのもの
ちいさな前の橋

借りられて
支払いをすませ
彼のもの

強い箱がたの　波
涙をのんで
涙を浮かべては

何年も
いもをかじりながら
ちいさな前の橋

梨の穴

H・Bは長崎県対馬の　志多賀（したか）生まれ
子供のときの島のおもかげを「対馬幻想行」につづる
廊下で休んでいると
床から三尺高いところで
名前が少し似た　橋詰くんから
鉛筆をもらう
ありがとう　君のものだった鉛筆H・B

平成一八年　飛田いね子は大怪我をして
入っていた「にこにこ交通A保険」に電話をすると
本人が　郡内の三カ所をくるくる回って
五つの書類を届けなくては　お金は一銭も出ないと
「郡内の三カ所を?
大怪我で動けない八四歳のわたしが、ですか?
保険とはおそろしいものですね、石器時代」というと
「みんな、わたしですよ」

いね子の兄は　漁船保険の仕事をしていた
「御前崎に行くよ」（静岡の）
「長崎に行くぞ」（冒頭「長崎」とはここで連結）
「国縫に行くよ」（北海道の）「黄金崎に行くよ」（青森の）
と
汽車に乗って　遠くの海辺にでかけた
県内の漁船が転覆、座礁したところへ行くわけだ
兄も　にこにこ保険だったのか
　　人は静かに汽車に乗る

　人間がそのなかで生きてきた歴史、
　人間がそのなかで生きている地理。
　　（高見順「わが胸の底のここには」）

関口知宏は「最長片道切符の旅」
稚内から一万二〇〇〇キロの旅を終え
最後の九州・肥前山口駅で
テレビをみていた　町の人たちの拍手をうける
てれる関口知宏くん　そのとき、

「お母さん、元気?」
誰かが　遠くから関口青年に呼びかけた
関口は前夜
タツノオトシゴの絵をかく（肥前山口がそのシッポ）
でも
「お母さん、元気?」
という声がよかった
四〇年ほどテレビを見てきた人だけのものだ
彼の父　彼の母
を知っている
みんなさびしかった　人は親子でしかなかった
そういう声　もう夜になれば現われない
太陽の声だ

梨を切ったあと　種の近くに
小さな穴　青い洞窟のようなものが
ときどき見えた
何をするためのものだろう
いね子は

郡部の病院の待合室のソファに腰かけると
「もう少し、そっちへ詰めて」
「わたし?」
「ええ。もう少しそっちへ詰めて、青銅器」

H・Bの伯父は
かさぶたをもった人のうしろで
「いい舟だ。いい空だ。君よ遊べ」と、志多賀の青銅器
　を振った
高らかに種をまくように
いね子の兄は
「船がころんだ。御前崎へ行ってくる」と、弁当の包を
　振った
よく話してくれた人たちだ
卵焼きひとつで　ほんとうのことを
話してくれた
何をするためのものだろう
青銅器は

映写機の雲

二年先輩のSは　石川が学生のころ
「おまえには　才能はない
趣味で　ユーモア小説でもかいてみろや」
と言った
このSのひとことが
石川の雲を先導した
空が暗いときも　のろのろと　歩いた
走ることはなかった
Sはそのひとことを残して
帰らぬ旅に出た
つまりいまも生きているということだ

その女性もまた旅に出た
石川はある日　夜のテレビで
さほどの罪もない北朝鮮の女性が河原で
公開処刑をされるようすを観た
銃弾を撃ち込まれ　白衣の上半身が
紙のように折れて死んだ
Sはまだそのときも旅に出ていた
まだ彼は生きていたのだ　石川も

「蛇の道はへび」
というのは
とてもよく知られたことばだが
一日にどの場面でもそれをいい
石川は文芸部長にひどく叱られた
文芸部といえば
演劇の世界だが
演劇もまた旅に出ていたのだ
ああ　これでは誰もいないではないか
光をくゆらして
掃除をする人の上半身が
蛇のように道端をながれ
石川のものになりかけた

石川はSの突進を祝うために

バス停でいつものように
バス（やがて来る乗合バス）を待っていた
こんなことをしていては旅にでも出る
ようにみられるなと思い
持参した反物を少し空のほうに上げ
目で楽しむように見て
向こうから来るエンジンの匂いを
待った
ほんのあき時間にも
人に渡すものを
こっそりと見ているのは楽しい
（少しSには大きいが　物は丈夫だ）

映写機は止まったが見物人たちはそのあとも生きていた
あの女性の死の光景はいつだってでてくる
かなしいことに石川は　自分を感じることができない
社会をしか感じとれない、
利己的な人間になってしまった　それは重くかなしい病
　気だ

このあたりの掃除が足りない
それだけをはじめたいのだ

Sはあるとき
Sよりも年上の男を
「先輩！　先輩！」
とうれしそうに呼んでいた
その先輩、先輩と呼ばれた人は
酒の入ったコップをもちながら　にっこりとわらい
「きみは、ユーモアものでもかいてみたら。あいうえお」
と石川にいった
先輩はこれで二人になった
同じことをいう　これが感じとれる社会だ
でも体制の転覆はないぜ　と
Sのたよりは　かなしいことにふれた
長文でもないので　そこに社会があった　恐怖があった
落ちる帽子を
片手でおさえていた
かたほうの手があることをそれで知った

先輩のことは少しずつ知るしかない
誰もおしえてくれない

「おれの着物はおまえの反物」
そんなことも
Sはいったように思うが
この　いまの思いがうれしくて
少しもそれを真剣にきいていない
「あとから誰かがきくだろう」
石川はそう思い
勇気のある行動に出ようとした
二人の先輩はそのときも心配そうに
石川を見ていた
机と椅子に変な音を出させる
石川のいつもの掃除を

やがて社会は
後輩石川のものとなっていく
石川のすべては石川の七尾工場でつくられていくのだ

女性の白い衣には羽がつけられた
復活のようには生き返らないので
とても時間がかかった
しるしはどこか　死んだところを見ていると
生きているところが見えてくる
多量の血は多量の生存だ
そのときだ
「歩くの、好き!」と　彼女の口が再び開いたのは
だいじなことは耳たぶに
稚魚のように触わるから

着物をきせると
女の肌は　湯を通したようにあたたまった
女は声を出しかけている　それら
その最初の声は美しい
命の夢がふくらんでいるではないか
先輩たちは
生きる女のもとに駆け寄った
後輩石川も生きる　雲のなかを走る

イリフ、ペトロフの火花

傷痍復員兵のための　一時的職業訓練所が
この村につくられたとき
イリフは
六つ下のペトロフと　学帽をしょって
並んで歩いていた

近くを歩くと
顔に　ぱちぱちと
みんなが顔を振るので
二人仲良く、
父と母に「いいよ」といわれ
自分たちも「いいよ」といって
傷病兵の世話役になった

イリフ・ごはんをたいたり
ペトロフ・背中の月を見たり
仕事がないときは
ずれてしまうので
いっしょに花の影を見に
近所の小ロシアの森を歩いた
だいたい　歩調をそろえたし
定位置だし
川辺にあってはとてもよく何でもわかった

「どうしてそんなに世話が　できたのですか⁉」
「ここは昔からロシアの
宿場町だから」と
イリフ、ペトロフ（笑顔で）

二日にひとつしかないパンと
四人をのせたぼろきれのような　いかだが
目を伏せ　布をたぐるようにして
この未知の国に進んできた
お隣りの国、清津の港から流れてきたのだ
（そのままもっと流れていくはずだったのに）
川は増水し

いかだの人びとの鼻が　イリフの鼻に触れた
ペトロフの鼻にも
触れた
六歳下だが、おかまいなく

それからも
まるぼうずのように　くっきりと
二人の影がこの世に浮かぶ
（水に映る、といってよいのかな）とイリフ
（水にはえる、かな）とペトロフ

職業訓練所から外へ出たところで
ペトロフとイリフが
少しずつ疲れを木の陰で解き
うすむらさきになっていることがあった
とてもたいせつな仕事なのに
と
二人はそのことをいつまでも思っていたようだ

自分はにせもの、だからたいせつに
小さな舟が行き来するようになっていたので
三九歳でイリフが死に
その五年あとにペトロフが死ぬ

（水に映る、といっていいのかな）とイリフ
何もいわなくなったペトロフ
少しずつ横たわり
木の陰でイリフを解く

実視連星

石炭が
米のように置かれている
こちらは合図があるまで
待機していた
夜空の星がよく見える場所だ
ダイヤモンドをこするような

合図
配給のようにわずかなので　誰も気づかない
「やっかい　やっかい」

宝石は
ダイヤモンドしか知らなかった
無知で石炭を焚いた
「白いベロを出してばかり
子供のころは」
そんな話をした
二人で話をする時間
だったから

短い音はどこから出るのか
ジャンケンに負けた赤い手を出して
ガザちく　ガザちくと遠い町の音を出して
おもちゃをもって竹藪にかくれた

竹藪のなかは火の雨で

若い男女が脚をそろえて
注意ぶかいキスをくりかえしていた
実視連星は
暗い夜空に
姿を隠しながら黒い米を
つなげるように流れる
順行と逆行　視差　離心率
天体も何かをしていた

配給の石炭はあたためていた
恋は
かなとこ　などを用いる
「痛いから　大きな叫びをあげたいね。
ね、おばさん！
ぼくをすみっこで　産んでくれたおばさん！」

目を放して　戻りあい
「やっかい　やっかい」
いつものコースをたどり

影は二つで並んで
奇妙な方向へとずれていく
正しい道のために　ずれていくのかもしれない

二人はそう　話していた
話をする時間だったから

「そうか、そうか、あったかいか」
とおばさんの返答は
だいぶ（ずいぶん）おそかったけれど
やぶ蚊に刺されても
道をはずれるときも道をまちがえたりはしない
合図のないまま
かなとこを枕に　ぼくは寝てしまう
葉桜と石炭の影が夢のしるしだ

それは静かな夜
実視連星は
いつもの位置で軌道を止めていた

隣りの星に両手を伸ばして
叫ぶこともできた
ガザに生まれることも
できる
もしかしたら　そのようになり
光りつづけるかもしれない
石炭が残る
静かな夜
軌道を止めていた

編み笠

詩「編み笠の店」
津島は　一〇月二六日
その雨の日も　舌を湄らし
店の周囲に。
津島さんは　当店には入らず
ぐるぐるまわっておられます。なんでも

何かのCDをさがすのに
さがす方法がわからず冷や汗をかき
それ以来　編み笠をかぶり

詩「朴達の裁判」
シロク（仮名）は大統領を射殺した
シロクがそれをしなかったら
その国はいま　あの北の国よりも
おそろしい独裁と死刑の国になっていたろう
シロクは編み笠をかぶせられた
白い蛍
詩「とは、牛首つむぎ」
加賀藩に移されて以来、こっちの人は行かない
消えた目印
（良い子たちは　クロスをきる）
牛首の里へ　行きなさい
行くときは不幸でも　行きなさい
カレンダーを破りに

詩「有間川の姫」
そこへ行こうとすると
有間の姫は
やめなさい（手と足で踊る）
その丘をこえると
トマト畑がありますよ
きっときっとトマト畑　そういうところですよ
音楽なんかも耳に流れてきますよ
（きれいなお尻から伸びをして）見えるようだわ
「この向こうに　トマト畑があるって
よくわかりますね」
涼しい風は山から吹く
詩「青瓦台から　編み笠に吹く」
韓国一国を救ったはずなのに（二〇年間
どんな民主勢力にもできなかったことを果たしたのに）
シロクを　窮屈な刑場の墓に捨てた
誰もが会わないきみに会いたい
夜はいつも長めに与えられたので

朴大統領は日本人にいつも説明した
詩「朴は素朴の朴です」と。
それから二七年
いまも勇気にみたされることのない　その南の国の姿
この日の東海道新幹線は一〇人ほど
夜もおそいので
わずかな乗客はみな　編み笠をかぶったまま　死んでいた
そこに　どうしたことか
美人の売り子さんがカートを引いてあらわれ
「いかがですか」
男たちは凍りつき　生き返り　目をひらき
好きでもない弁当とキャラメルなどを
うれしそうに買う
編み笠から　手を出して。裁判。白い蛍。
津島はチョコボールを買った

詩「地上」
李朝末期の雨の地上
ちいさな山寺（やまでら）で
編み笠の二人は　すれちがう
長い道のりに雨は吹く
誰もが会わないいきみに会いたい
いつも苦しい目玉に屋根をかけた　ゆるしてくれ！

「これで、いい旅になったね。夜の新幹線はいい」
「幸運だ。白い蛍だ。なかなかあそこまできれいな人は
出ないよ、飛行機には」
客たちは
編み笠をはずし
白い蛍を追う

（『実視連星』二〇〇九年思潮社刊）

詩集〈北山十八間戸《きたやまじゅうはっけんこ》〉全篇

赤砂

夜明け方
家並の向こう
二キロほどのところに
青い　かたちのおだやかな
山なみが
智謀と同じ高さであらわれ
この朝のあとの時間も
かます　藁むしろに
穀物を入れ
（赤砂でみがくように）
かますの口を
とじあうと
ふと　兄の手とつながることがあり
男ではなあ、と思う

春は五人くらいで
生きたい
背中のそろう水鳥の
長い水路の
野道のように

北山十八間戸

エンジンについて。
表現の組成要素について。

中学の教師「きみは、ことばの選び方があやしいね。」
「はーい」
高校の教師「きみは、判断もおかしいね」
「はーい」「はーい」なぜ二人もいるのだろうか

いなかの　あるいは町はずれの
舗装された道路

ガードレールがつき　ただの田畑が見え
誰の写真のなかへも入らない　選ばれない
事実にもいれにくい
背景ともなれない
そんな変哲のない一角は
住宅街にもあり
テンナンショウ属のイモも実らず
わずかな感興も魅力もない
そのような一角は表現に値するのか
カウントされるのか
連れて帰る「縄」はあるのか
そんなとき
エンジンが鳴りひびく

鎌倉期の僧、十八間戸を建てた忍性は
僧衣のまま　用事もないのに橋の上にいて
帰宅しない
奈良・川上町の木造は
白い十八の部屋に、ひとりずつ入れる
暮れはじめた　とても重い人たちだけが
よろこびのまま直列する
仏間には
霧雨のように風が吹きつけ
エンジンは位置につく
不屈の位置につく
「大和古寺風物誌」になし
「古寺発掘」「古寺巡礼」になし
「日本の橋」になし　池田小菊「奈良」になし
バス停の角の小さな商店に声をかけ
そこで鍵を借り
テンナンショウ属のない路を
随意みたされた気持ちで
歩いていくと
奈良坂に胸をつく白壁、十八間戸があらわれ
すべての明かりが消える昼さがり
「忍性はでかけています。
いつもの橋の上です。
いなかから人が出てきたから。

でも橋の上では、ひとりです。」
の立て札が夢の土に浮かび
奈良坂の四つ角には
四つ角ごとに人が立つのに
他人の香りはない
人はそこにいるのに風景は
気づいてくれないのだ
忍性は腰をかがめて　こぼれた稲をひろい
帰宅から遠い道を選んだことを思う

小枝の落ちた敵地は
濁るばかりだ
話にならない一角
魅力も特徴もない一角で　位置につく
みども、みどもの子供は
どこまで小舟のようにゆれていられるだろう
どこにでも小さな商店のある日本
テンナンショウ属のない道
中世の救済院の隣家の明かりが
道を照らし
「なぜ二人もいるのだろうか」
夜空の枝は
空の外側にも　よく群れて甘くひろがり
直列していく

友垣

日のあたる人よりも
日のあたらぬ人の（謄写版の残業は何時まで）
ほうが冷たい
大きな東のできごとのあと人のことばは各所で
増長し水になり　並みのものになり
汚れきった　衰滅した
ことばも詩も被災したのだ
西日本西伊予、赤錆びた古代製鉄所あと
ペンが見あたらなくてほんとうによかった
蛍雪泥原の友は

あのね、これから、と
たったひとりの妹を
だいじな春の学校の敷地に待たせた
なんでもいい、
少しだけ無理をする人になりたいね
ほら、このように少しだけ先へ
無理をする人　そういう人がいまは
いなくなったといい
寺社の月夜の（無理をする四国西之村謄写堂）
空気のうすい平野の物象に
足を棒にし
吐く息を失いたてまつり
赤い
吸いつき菓子となる

外地

外地をなくして
線の意識が稀薄になった
姉や兄は
ぼんやりしているが
弟と妹はひごろから「領土」に敏感で
国境線の問題に目をとがらせる
どこの　どれほどでも

竹島からの
小さな強風

無人の島に
日本側の
記録はないと思われたが
山本健吉『文藝時評』（一九六九）で知る
駒田信二が「島の記録」（群像一九五六年一二月号）で
竹島をかいていた
駒田は大阪生まれだが　松江高校で教えたあと
一九五〇年島根大学で助教授
島根の竹島を身近に感じたのではないか

それでも
学校帰りの道端に
玉風があり山背が吹く
日本は正確なところがわかるよわい時刻だ

韓国側では竹島近くにウルルンドという島があり
李朝末期の金正浩が二人の漕ぎ手でそこに
計量を求めて渡った
波の針も強く
北朝鮮の映画はぷつりぷつりと切れた
日本側でそれを見た

函館に着いた夜
テレビをつけて明日の天気予報をみると
道東は　午後から雨になると
「道東」とははじめて知ることばだ
外地、色丹島のガンコウランの葉が
風にたちあがる
指をとりまいて冷たい

子供のとき祖母に連れられ
中学生の女の子の病室にいったら
彼女はひとりの指でりんごをたべていた
あおじろい顔　まるでいのちのない人
それからまもなく亡くなった
側を越えたのだ
病院には下足番のおばさんがいて
履物を預かる
そまつな割烹着のようなものを着て
人のあしもとだけを見ていた
みんなの履物を覚えているのだ

昔のものはすべてみられなくなる
よわい時刻がある
よわい線が波打つのだ
そのためにやわらかくしぼられた雲が浮かぶのに
壊れたこの目の果てに消えては浮かぶのに

川波さんですね、これ、この下駄
外地からの松金さんですね、これと、
三八番の箱から。
二の果ての志田さんですねと、
　一七番から渡す。

サンダルで病院に来ていた人も
その履物のまま帰るのだが
いまは目の一部を感じる
越えて　向こうへ行く人に会えたのだ
午後の雨のなかに戻り
果てまで流されたように
和傘をひらく

鉱石の袋

小学生の女の子が二人
電車ですわっていると
真向いの席に
同じような年の女の子が二人
のってきて
息をそろえてすわる
ちがう学校の子だと思い
少しじろじろと見る
向いの子の学校にはいいことがあるのか
こちらに知らない歌があるのか
あるのなら　ないのなら　ですか
という視線が行き来する
足をぶらぶらさせながら
いまも楽しい円のように

これらの風景を守るために
人は　はたらいた　一滴の血も流さずに

風景をかかえると
両手をつかわなくてはならないほどに
重いときがある

その練習は日々重くなり
ときどき休息を必要とするくらいに
地獄の色をして
鉱石がふりかかる
新鮮な空気を求めて
魚たちが水の上に体をあげ
その測った体を秋の空気よりもはるか上に
通してしまうことがある
のを眺めながら

はたらいている労働者
賃金の呼び鈴
袋をつくろう隣家の男
それらはすべてのものであり
真向いのもの
目の前のものを
先に通していくしかないのだ
いまは楽しい円のように

秋の空気が　ふりかかる
住みこむ少女たちの兄の
午後のお茶に
また戻ってきた隣家の男に

安芸

芝居のそでに
のまない水も
置かれていた

安芸の国のねえさんは
これから動く手をぶらさげて
明るい夜を歩いていく
途中、あまり会わない
高宮郡の人にもあいさつをし
甘草のちいさな芽も
見えることだろう

発表とはなんてどきどき
するものだろう
いつでも胸がいっぱいになる
それはみな
わたしのことだから
わたしの国のなかだから

連れていた犬から目をはなす
遠く放たれた人たちを
いまは
見つめていられるようにも思う
明るい夜
のまない水が流れていく

錫

もって生まれる

光をもって
結びの地　総がこい　大垣に
なににも合うから
いちばん大切なのは錫
いちばんだいじなのは
思いやり
人と人との関係
と
いちばん大切なものが
たくさんあるので
いまも今日も
ぼんやりとしている

女性の店員が
急に視角をはずれ
厨房のかげで
練習をはじめる
「いらっしゃいませ」
「…………」

「ご注文の品、これで
おそろいでしょうか」
何回か繰り返し
特別な店ではないのに
出てくるものは　なにもかもおいしく
厨房の男は
いまとても大切な人だが
その顔を見ることはない

一票の格差は少しも問題ではない
ひとりの価値の荷が軽くなる
それは夢のようなできごとだ

午後四時をまわると人がいなくなり
大垣の畛も眠りに向かう
彼女の声がきこえる
それとも厨房の男の
合金に使われた
爪の声であろうか

「いったい、どちらだ」と
醒ヶ井の叔父を
追い詰めたことがある
叔父は
近江と遠江（離れた関心だね）
の写真をとりつづける
景色をもつ周辺で
それがいちばん大切なもの
野犬をけしかける
肉の夜も
写真の隅から
降りてくるのだ
「どちらだ」「ご注文の品は」と
合うことのない連続が
汗々と行なわれる
錫に濡れた人は
生長し

箔がはがれ　墓地にたち
とてもうすいもの　くるしいものとなっても
まだそこにいるのだろう
羊羹を切るときのように
人数を数えて
「かおりさん、といったっけ」
と
写真のひとりに声をかけ
叔父はまだ
大垣の
内側にいる

裾野

少女たちは　父親の顔をして
先頭を歩いた
十年もたつのに
重心は高く

山の雲がふくらむ

軽い荷物には
焼き菓子が　紙に包まれて
曲がり角のたびに
宕々と物を落とす

楽な気持ちをつづける詩も
きれいな心にさしむかう歌も
よく開墾された散文も邪魔になる
人は人のそばを通りぬけるので

先頭は見えない
裾野からは
努力であることしか見えない
きょうも大きな岩が落ちていた

赤江川原

川原からは髪は見えない

京都の北、船岡山では為義の
七歳・天王殿
九歳・鶴若殿
一一歳・亀若殿
一三歳・乙若殿
の四人の子どもが
切られようとしていたし
七歳の子は
お役目で近づいていた波多野次郎の
髪の毛をなでながら
「こんな小さいわたしたちを。
なぜ」と。

年長組の三人は
「いたしかたないが、切られるなら
日のあるうちに」と
ならいおぼえたものを
差し出すように言った

李朝時代にはよく
儒生が屋根にのぼり
青い顔をして演説した
屋根から落ちたら
意見も思想も終わりだからだ
すべてを話し切ると
黄色い髪を下にしてからも
すこし浮かぶように
舞い落ちる

子どもの手が最後に触れた
波多野次郎の髪
いまは
どちらも外出し
静かだ

四人の母である母親は
赤江川原で
馬から飛び降りたものから
子どもたちの最後を
聞かされ　強く落涙する
人は死に　あたりは
ひろくなった
悲劇にはちがいがあるので
肩を並べるのではなく
母の肩に身をよせるようにして
泣く婦人がいる
母の友人であることが多い
いっとき現れて　名前を半分だけ見せて
そのまま見えなくなる人たちだ
母の友人は　いつだって
子どもたちのあこがれなのだ
どんな人だろうねと
夢のなかで数える

赤江川原に熱い夕日がさして
波多野次郎は
「髪はそれまでは。
子どもにつかまれるまでは」と
なかば悲しむように
のちの世にひびくように
ふたをしていく

川原からは髪も見えない
ひろい天空に　夢も見えない
「はい、いいよ」「もう少し右」
「小さな、瓦だね」「これもだね」
わずかな月の光をたよりに
母の友人は
歩いて帰っていく
四人の子どもは屋根に上がって
見送る

フスの家

ヤン・フスの家は
どんなところにある
どんなところから始まる

一月もいつものように
古い靴でたたかい
こちらもまた
いつか訪れる人として
古瓦をひとかかえ
もっていくだろう

どの家を見るのも
国を見るのも
いつもテレビ
正しいことをする人も
そのうしろで急に
温かく感じる

気候の人たちにも
映像で知り
そのなかにもモルダウの河が
見えていた
フスの家はどこかやさしく
おかしげで
古瓦をひとかかえ
もっていくだろう

近畿

かきつばた　むくげ　野分
念仏と称名
カラスはそのあとも
冬から秋への流れにも
花のようにゆれている

曲がり道だ
傷を盛られてしまい
誰かの日本の回想の
道筋に
西の面積はまだ
雲のなかに
ひろがっているのだろう

あしたまたね　連絡をとろうね
いちどは空にもふれた
高い心を
砂のそばに落としていく

自分のような黒い鳥が
真昼のしあわせのなかにこうして
消えうせることができるとは
心をもち
成長し
隣りの家を
訪ねたこともあるのに

グラムの道

町はずれで
都会の機材をかかえた人に
答える
途中では
お茶しか出ないけれど
少し奥には真赤な別人が
いろはの道に沿って
笛の音と
いねらちが
光りながら舞い落ちていく
彼我ともに
楽しい思いはあふれ
満たされないままに
つづく

ああ　この春も尖りゆく
この性格は
この争奪は
いずれは私のものだ
一グラムをきりながら
有人の平野を流れていく
性格はひとつになりたい
幸福なときは
希望が好きだ
髪を上にしながら
流れていく

東京から白い船が出ていく

薫さんは
細身にスーツを着ているが
汗かきなのか
白いハンカチを右手ににぎりしめて

税務調査官の窓際さんのことが
すきで　その顔をみるとあわててしまい
「あー、あー、あー」とうめいて
前方に素っ転んでしまうのだ
同僚なのに
いつも近くにいるのに

素っ転んで？
これでいいですか
薫さんの麻生祐未「いいですよ」
すきなひとはそばにいるのに
ことばをかけられない
ハンカチだけのせて東京から白い船が出ていく

カンボジア虐殺の村を
訪ねた母子はそこで
自分たちを迫害した三〇年まえの
村人にあう
村人はぞろぞろと集まってきて

「あのときは、仕方がなかったの。
でもお母さん、変わってないわ。
おぼえているわよ、あなたのこと」
などと村人が人間を止めた
ある国では　不幸なできごとをさいわいに
ふだんは無能な文学も「特需」にわき
たれながしの日録で胸をはるのだ
ことがことだけに誰もなにもいえない
増長するばかりで
止める人はいない
東京には止める時刻がない
止めてみたいのに

母子が村人たちと再会しているとき
村の子供たちが
横になった木を椅子にして腰かけていた
おとなたちの不思議な話を
三人で固まって
きいているのだ

同じ木の枝のようにくっついている
あいだには空間があり
鯉が五ひきほど入るすきまもあるのに
子供たちって
いつでも
そんな三人になれるのだ
東京から白い船が出ていく

「麻生さん、
画面から消えても、にぎっててください。
あとは、なにしてもいいですよ、そうやって」
「は、は、はい」
他の役者が画面の中央になり
遠くに置かれているときも
宇宙の外の
極小の点に変えられたときも
月の欠ける夜も

薫は表情を変えないまま

小さくなった自分の名前を
布でふいていた
これからはきれいになるので
まだそこにいた
「暗くなるぞ、ひとりになるぞ」と
男たちが遠くで話をしたころ
枝を折りながら
白い船が出ていく

通路にて

年始には
一五歳にして
窓を見ながら社員にあいさつもした
心の空白を生み
あるときから
湯舟に入る
まずは軽少なランドセルでためし
通路の湯舟に
全身をもみ消し
腐りゆくものへの扉を
子供の色でみたすだけのことだ
釘のような通路に
湯気が溶け
途端に髪は甘くなり
白くなる
ね、「餅をもって
ここに集まってくださいね」
と
はるか年上の
長者の肩をゆする
わたしは子供でした
一人鳥追いで
餅はたいせつでした
早すぎる声とは
なんと可愛いものなのだろうかな
まだ冷たくなるまえに

親兄弟を
呼ぶ声は

アルプス

甲州・赤森川のそばの
岩場
三度笠の渡世人が
追手に追いつかれながら
五人ほどの相手と
せわしなく斬り合う
崖の上から見ていると
その矢車はきれいだ

くるりと身をかわすたびに
三度笠と
裾幅一九九センチの合羽
が回る

体よりかなり遅れて回転
間延びし
時が合わない感じさえも矢車だ

見ている楽しさが長く伸びていく、のだろうね

・戦前のこと
教師をやめたひとりの男が
日々の暮らしに困り
「にらさき・アルプス」という冊子を
ガリ版でつくって
近くの学校の職員室に売りに来る
午後の六時半を過ぎたころ
汚れる雑誌はきれいだね

・彼は校庭の　鉄棒の下で
二度三度水をのんで
あらわれる
みんな「またかあ」と思いながら

にらさき、という故郷の文字のなかを
目をほそめて　下がる
顔を見合わせるのだ
もっか二円で下がるので

その老いた　もと教師の
出入りの声
もうそれから七十年もたつというのに
世に残された人の
心に映えて
冬の日ざしに消えるのだ
浮かんでいるのだ

・若い女を抱くことができる
その日々のよろこびの余勢から
小さな山国の王が
別の国のできごとに　あまりものの
手を合わせる
という道筋への

疑いはどこにもなくなった
一九九センチのアルプス
時を合わせなければならない
刀の汗を
ふきとりながら

もと教師の男の　娘は
五十歳を超えたが
父のために頭を下げて回るため
新しい靴と服を遠くの店で買った
翌日の校庭で
見かけた人に
「父は　また来たのでしょうか」
と聞かなくてはならない
見上げるアルプスは
水のなかに消えているけれど
ゆうべのことを
知らなくてはならない

青沼

Ｋ村の
沼であるべき場所に
梶山商店という店
再生原料卸なのか
庭先まで屑物であふれる

電話をかけても誰も出ないのに
電話はある
という家のように思える
農事のおおきな輪が
月の光のようにかかり
非常によくこのあたりを
なんとかしているという
家柄にもみえる
ごはんの音もしない
ヨーロッパのお菓子の家のようだ

早くから埴科・青沼の仲間を連れていた
皮膚を強く張り
中先代の乱には
武人でないものたちが
道の両側で
農具のかたちを見つめあった
彼らが来るまで　菱の実と
菓子の袋をがさごそいわせている
ヨーロッパからこちらへ
走りさる人を見た

いなかの家のまわりは
人家もなく
暮らした思い出が浮かぶ
半分になった都会は
人のいちばん好きなところだ

都会のどこの家だったか
パンを食べた

そのときのバターナイフは
チェスの駒のようなもので
柄のところがふっくらして
テーブルに立てることができる

知るタマネギ
見るトウガラシなど
かわいらしい絵がある
都会には一瞬に目を突くものがあり
ひとりにひとりの友人を
もつことになる
急な声と物で救われて生きるのだ
ふたりになると
ナイフのタマネギは見えるが
タマネギのナイフは見えない

菱の実は早くからの仲間をゆさぶって
泥の下に　戻っていくようだ
人は非常に速い

雨がやみ
青沼はきょうも
風景だ
町の帽子をかぶって
梶山商店の主人が
道の上に出てきた

（『北山十八間戸』二〇一六年気争社刊）

伏見

獲物のために息を吐く
その身を　急に現す
それが
いめひとの伏見
の特徴だ
おおきなさかいめに
その日から私は変わったと
その日から　日本は変わったと
突然の美しい声で叫ぶ

いつも社会的な何かをしていない
という負い目が
曲がることを知らない　すなおな
都市の白い声と
斜面の網をのばしていくのだ
これまで社会的に
何もしてこなかった人が
その日から自分を変えられるとは
とても思えない

思えない思想のまま
いめひとの美談はつづく
遠い湖底のわらむしろ
むしろわらは　いずこへ
何もしないわが子たちを見つめ
母親が心配そうに
弓のそばの草むらの
おおいをとる
いつもの朝　いつもの世界を去って
弟と妹はいずこへ

（「詩人会議」二〇一三年八月号）

蔚山

長生浦の浜辺には
セミのような鯨が流れつき
子供たちの絵のなかに

親日家の作家が
倭城の石垣のそばで
「白い鉄」だった
おとなの名前と
なおりかけのからだをもち

逆向きの石垣から
夜空に手を入れてみると
女たちは笹の感触を出す

とてもよく　してもらったので
ここに住むことにしたのだ
「病気がなおったら
あれをしよう。これにしよう」
そのときの美しい縞目の
思いが
いまでもいちばん人はきれいだ

それは玄関を
通りぬける静かな生き物だ
石垣のそばで
黒い髪をみだしていた

（「詩人会議」二〇一〇年八月号）

プラトン

雪崩をうって倒れたあと
老いた一兵卒プラトン・カラターエフは
農民の目をこすって
ピエールの
冬のドアを押す

ピエールはやせ
眼鏡をとりかけていて
光のない牢屋に
死の少し前にいた
まだ
彼としても
目をこすっていた

プラトンが
ドアを押し
ピエールに声をふきかけた一瞬から
眼鏡をとり
相手を見る一瞬から
戦争と平和　の奈落と希望はせりあがり
この世で知るもっとも美しい
ドアの二人となった

「きょう、日本史もつ、あの子、
見かけた？」

「見かけた！　昭和の恐慌のところ。
考えが出た」って
うれしそうにいってた
そう、よかったね。
ああ狭い範囲　いつも狭い範囲
激しいことが指に起こるとき
校庭の
火蓋は切られる

日本史の文庫をもつ子ども
親に相談もなく
きたないはずの服をきて
小さな空家の学校を出た
一度、雪の校庭をくるっと回り
背中をしろくして
子どもは
彼としても
目をこすっている

ないことだけが
あるように
プラトンが
ドアの外から　入るとき
ピエールは牢屋にいた
あわてて眼鏡を目にあて
澄み切ると
プラトンのドアがある

（「現代詩手帖」二〇一三年一月号）

屋根

工場の屋根を
最初に見ながら
工場の家に出かけた
学校の帰りに
まるで中型の自転車に乗るように
工場に住むぼくの先生は
竹嶺の話をしてくれた
山脈のいただきにあり
母親は
小さな弟と兄をかかえていた
強風で　かかえにくい

それは　竹嶺は風の日だった、
というように
冒頭に
それは、ということばを
つけるのが
工場の先生のならわしで
まるで鈴のようだ
小型の自転車のように
一身が揺れていくようだ

最初の屋根で知るように
社員は弟と二人。経営はおもわしくない
でも付けたした

明るい部屋には　新たな別れもなく
人間の日々が鈴のようにつらなる
銅を流しおえると
母子は
母子像となり
雨が落ちる前に
中小の自転車で運ばれていく

（「詩人会議」二〇一七年八月号）

炭素

明治二十七八年戦争という通称を見つめ
はっきりしていることはしあわせだと
一六歳までの三〇年間、
旺盛な活動をした四国の四人は
振り返る
年代測定はくるうもの
振り子のように　しめやかに行き来するはずで

「某年、四国某県生まれ」の少女たちは
罨法鍋に
硼酸水をいれ
起こるあたたかみと
湿したガーゼをうけとる
輝くように　同じ場所なので
少女たちのお尻は
お尻の跡地にぴたりと合いかねない
このしあわせと友情のために
よいものをいつまでも
加えていくことはできないのね
体表が変わり果て　ひざを閉じたままで
盲目に向かう少女たちが
右隣りの人と同刻に　眼にガーゼをあて
しばらくの
なまあたたかい視力をみなでつくりあう
炭素の壊れるほどの　暴かれるほどの
遠い村の夕日を思い
「ねえ、顔を見ましょうよ」

通称のつづら折り
鍋の火は冷たくなり
誰ひとり加えることはできないのに
輝くような左隣りの椅子から
「朋輩よ。もう少しこっちに貼るの」と
朋輩をとらえた

（「現代詩手帖」二〇一四年一月号）

廃墟のもろみ

空き地に同じ宅配会社の
休憩の車が二台。
一台の運転手が　もう一台に
かけより
「はじめまして
写真をとってもらえますか」と。
自分の働く空間を
撮りおさえる機会がないらしい

二人は　飛ぶ鳥のように
風に放電し
笑顔をかわして別れた

わたしはここにいるが
あしたか　あす　その先のゆうべには
いないで
ある人の影にかくれても
壊れてしまうことも
あるだろう
新しいものにも　そのあとはない

背城のあとも空間は新規に
構成される
もろみをかきおえた
播州・黒帯の親方は
「空き地には、誰もいないのだ。
何を見ているのだ、小僧」
と優しい声を一斉に通し

鳥の羽を　壺につけて
学問にとりかかる

（「第三次　同時代」三十六号・二〇一四年六月）

民報

家の前の畑で
山羊を飼いはじめた人は。

苗羽村の四二歳　大厄の漁師、農民、醬油の醸造工、
総勢一八人が　島の八幡神社に集まり
厄払いをした
昭和一四年二月一二日のことだ
島に帰った作家野川は
「あの人は、誰か」
とささやかれる
悪化した胸を一度二度ととのえて
みなと同じ息を吐き　写真におさまる

それからひとり離れて丘へと歩く
南と北とを分け　西と東とを分ける
点のような頂上は
男一人の病人の下駄で　いっぱいになる

家に戻ると
家の前の畑に　山羊がいる
もう三年になる
猫背の野川は　足裏の湿布のために
よく彼岸花の球根を採りにでかけた
下駄で丘へ上がり
海の姿を　満面に映し　首を起こし
ときどき人の表側について考える
海に向けて吐くと
家の前の畑に戻る
力量をもって生きていこう

神社では一八人全員に酒がふるまわれた
酒をのむことのできない野川は

同じ人にもいくどかあいさつをし
いずれ同類となる松の形を見つめながら
松の影とすれちがう
「ああ、かどの野川さんかなあ」と
少しだけ顔を知る村の男が酒をすすめた
ただ立っていれば時が過ぎた
草をつけて　まだ日の高い神社を出る
冬の汗
しあわせな時間だった

四つ年下の東京の作家は
消息を絶った野川が
村の人たちと同じように神社に行き
きちんと写真におさまったことを遠い報せで聞いて
ひそかに胸をなでおろし
遠出した神のような友人を思う
「よかった。彼はそういう景色のなかにいた、野川
は」

届かない感情の声だ
それでもこの事実はうれしいもので
東京の彼は東京の下駄で
窓だらけの町の
小さな丘のようなものにあがってみる
エスカレーターみたいだ　草をつけて

「こんど、寄ってくださいよ。
なにもありませんけれど」と
球根をかかえた野川は
別れぎわに村のひとりにいい
一度目をとじて
まだ日の高い神社を出て行く

（「第二次　詩的現代」二十号・二〇一七年三月）

散文

文学は実学である

この世をふかく、ゆたかに生きたい。そんな望みをもつ人になりかわって、才覚に恵まれた人が鮮やかな文や鋭いことばを駆使して、ほんとうの現実を開示してみせる。それが文学のはたらきである。

だがこの目に見える現実だけが現実であると思う人たちがふえ、漱石や鷗外が教科書から消えるとなると、文学の重みを感じとるのは容易ではない。文学は空理、空論。経済の時代なので、肩身がせまい。たのみの大学は「文学」の名を看板から外し、先生たちも「文学は世間では役に立たないが」という弱気な前置きで話す。文学像がすっかり壊れているというのに（相田みつをの詩しか読まれていないのに）、文学は依然読まれているとの甘い観測のもと、作家も批評家も学者も高所からの言説でけむにまくだけで、文学の魅力をおしえない。語ろうとしない。

文学は、経済学、法律学、医学、工学などと同じように「実学」なのである。社会生活に実際に役立つものなのである。そう考えるべきだ。特に社会問題が、もっぱら人間の精神に起因する現在、文学はもっと「実」の面を強調しなければならない。

漱石、鷗外ではありふれているというなら、田山花袋「田舎教師」、徳田秋声「和解」、室生犀星「蜜のあはれ」、阿部知二「冬の宿」、梅崎春生「桜島」、伊藤整「氾濫」、高見順「いやな感じ」、三島由紀夫「橋づくし」、色川武大「百」、詩なら石原吉郎……と、なんでもいいが、こうした作品を知ることと、知らないことでは人生がまるきりちがったものになる。

それくらいの激しい力が文学にはある。読む人の現実を、生活を一変させるのだ。文学は現実的なもの、強力な「実」の世界なのだ。文学を「虚」学とみるところに、大きなあやまりがある。科学、医学、経済学、法律学など、これまで実学と思われていたものが、実学としての「あやしげな」ものになっていること、人間をくるわせるものになってきたことを思えば、文学の立場は見えてくるはずだ。

（『忘れられる過去』みすず書房・二〇〇三）

散文

散文は、多くの人に、伝わるようにと念じて書く。「雲をかぶった山が見える」などと書く。「谷間の道を、三人の村人が通る」などと書く。いまぼくはチェーホフの「谷間」を読みなおしたところなので、こんなことを書いた。いま引いたのはチェーホフの文章ではない。

多くの人に、情景をまっすぐ伝える。散文の一大使命である。そこからの恵みはおおきい。でも人は「谷間の道を、三人の村人が通る」のを見たとき、あるいは思い浮かべたとき、実際に「谷間の道を」「三人の」「村人が」「通る」というふうに順序だてて、知覚するのだろうか。そうする人もいるだろうが、「三」「村人」「谷間」というふうに進む人もいるはずだ。そのほうが自然だろう。でも「三」「村人」「谷間」と書いては、なんのことかわからない。それで散文の習慣にしたがって「谷間の道を、三人の村人が通る」と書くことになる。読む人のために、作者個人の知覚をおさえこむのだ。個人の認識をまげて、散文はできあがる。つまり散文とは、つくられたものであり、異常なものなのである。散文は、理路整然としているから「正しい」ものであるように思われているが、散文が本質的に異常な因子をかかえていることを知っておく必要はある。

たとえば詩では「谷、三」と書く。あるいは、情景にはないのに「紫」と、突然書くこともある。これが詩である。個人が感じたものをそのまま表わす。他人には、なんのことかわからない。意味が通らないので、きもちわるい。だが詩は、ただ伝えるために書かれるものではない。個人の感じたものを、どこまでも保とうとするためにそのような表現をとるのだ。詩は、標準的な表現をしないために、異様な、個人の匂いがそこにたちこめる。他人の存在や体臭をいとういまの人にはうっとうしい。詩のことばは異常なものとみなされ、敬遠される。では散文は、あやしくはないのか。「谷間の道を、三人の村人が通る」というように知覚しなかったのに、誰ひとりそう知覚しなかったのに、そのような文章が機械的に書かれてしまうということもありうる。それは不自然であり、こわいことだし、おそろしいことである。詩には、それがたとえ「異常」とみえるものでも、そう感じた人が確実にそこにいる。その一点では偽りはない。個人の事実に即したものである。

詩と散文のちがいは、簡単にいえるものではない。だが小説をこころざす人で、散文のことだけを思っている人が、いまはとても多い。散文とは、何か。散文だけにしたしみ、おとなになってしまった人は、散文について考えなくなる。そうならないためにも、早くから考えをもちたい。詩を書く人も、同様である。

（『黙読の山』みすず書房・二〇〇七）

ぼくのめがね

老眼がすすんだ。小さい文字が読めない。読書もつらかった。

ある日、知人のSさんが小さな、めがねをかけていた。ためしにかけさせてもらったら、ぼくの眼にあう。とても見える。Sさんはそれをぼくにくれるという。百円の店で買ったもので、家に同じようなものが十二、三本あると。それならと、いただいた。そのめがねはその日から、ぼくのめがねになった。

本を読むときだけ、かけるのだ。これで読書が戻った。これまで中途で引き返した長編小説をどんどん読んだ。こんなに本を読んでいいのだろうかとも思うのだが、とにかくはかどる。文庫で「夜明け前」全四冊を読んだ。この長編に登場する集落、あるいは地勢を、現在の地図上でたしかめる。地名には、いまもあるものと失われたものがあるが、そんな明暗も、光陰も、めがねがあるから味わえる。感じとれる。

小学六年のとき「河流」という小説みたいなものを書いた。郷里の奥地の村里のようすを、地名から想像した。大学一年のときは、万葉の歌人のレポートのかわりに「柿本人麻呂」という題の物語を書いた。石見の地名を、ただ貼りつけたようなものだが楽しかった。いまの気持ちは、そのときと同じである。毎日のように新旧の分県地図を開いて、めがねを連れた、集落の旅をつづける。

こうした地図の字はとても小さい。走るように読むと見えない。ちょっとよそ見すると、どこにあったかわからなくなる。東へ西へゆっくり歩くと、よみのわからないものも楽しいものも見えてくる。歌（新潟）、商人（島根）、美々地（宮崎）、姉体（岩手）、次郎九郎（滋賀）、明日（愛媛）、読書（長野）と切りはない。ぼくのめがねで見ていく。


（『世に出ないことば』みすず書房・二〇〇五）

高見順と文法

高見順（一九〇七―一九六五）は、「日本における最初の現代文学」の作者（川端康成「高見順」）であると同時に、「最後の文士」といわれた。戦後も幾多の名作を書いた、昭和期を代表する文学者である。没後五〇年にあたる二〇一五年、東京・駒場の日本近代文学館で『激動の昭和を生きる――高見順という時代』展を開催。また同年から翌年にかけて福井県ふるさと文学館で『昭和から未来へのメッセージ――高見順没後五十年特別展』が開かれた。それぞれの企画による回顧展だ。

高見順（本名・高間芳雄）は北陸の地、福井県の港町、三国町平木に生まれた。一歳のとき、母親とともに上京した。まだ赤ちゃんだった高見順をよくおんぶしたおじいさんがいるときいて、同じ町生まれの高校生のぼくは、そのおじいさんに会いに行った。長い橋をわたり、三国の町内に入ってしばらく歩いたところに、その八十島吉三郎さんが住んでいた。八〇歳を過ぎていたと思う。そのときに撮った八十島夫妻の写真も残っている。それから五〇年経過。先年、八十島さんの近所の人たちに聞いたら、そんな人がいた記憶もないし、名前も知らないという。半世紀もたつと、あれこれの記憶も消えていくのだ。まだ消えないものはあるのだろうか。これまで高見順について書いた原稿をもとに、その詩文の特徴を記してみたい。以下引用は『高見順全集』全二〇巻（勁草書房）、『高見順文学全集』全六巻（講談社）による。

高見順の文章には、基本形というべきものが二つほどある。ひとつは、同化。見たものについて「あれは自分の姿だ」という書き方だ。

「俺はこのとき、血まみれのあの猫に俺自身を感じた。俺自身があの瀕死の猫にほかならないのだ」（「いやな感じ」）。イソダマという小さな巻き貝は「海のなかにひそんでいれば、そう簡単に取られはしないだろうに、子供にもすぐ取れる、取られやすいところにいる」。このイソダマも「自分の姿だ」になる気配だ。「湯たんぽ雀」（一九三八）は、銭湯に行ったときのこと。流し場で歯磨きをしていた男が、舌の奥を刺激したらしくて「ゲー」と喉を鳴らす。そのようすを見ていたどこかの子供もつられて、気持ち悪くなり、「ゲー」。「そのゲーといった子供の姿こそ正しく自分達の姿だというのが、キラリと頭に閃いた」。何かを見て、その何かは「自分達の姿だ」「自分の姿だ」と感じとるのは、高見順の小説では普通のことだ。詩にも多い。「心の渚に打ちあげられたもの／おゝ　それは／私自身に他ならぬ」(「心の渚」)。小さなもの、ひよわな音色にすぐ「自分」を見るのは文学的表現としては素朴な印象を与えるが、それが詩文の基点として働いた。

『重量喪失』(求龍堂・一九六七)は未刊詩編を収めた詩画集で、没後に刊行された。解説は、伊藤整。いまも読者の多い詩集『死の淵より』(一九六四・現在、講談社文芸文庫)とは別種の重厚な詩も多い。とくに「霧」(「服装」・一九五九年八月)は、「過去」をどうみるかというきびしい視線につらぬかれたもので、詩人高見順の筆頭の作とみてよいだろう。その書き出し。

憂悶の私の黄昏
青い色をしたものうげな霧が
山から山へと動き流れて行く

途中からではなく、最初から霧と同化。この詩の異様な速度とイメージは、冒頭ですでに始まっているのだ。

もうひとつの基本形は、対照だ。以下、小説から。

「生命の悲しさが僕の心にひしひしと迫ってきた。それは生命の喜びとも通い合う悲しさであった」(「生命の樹」)。生命の「悲しさ」のあと、反射的に生命の「喜び」という対極の感情が呼び出される。「死んだ過去に、俺の現実が生きている。と言うことは、生きた現実が思い出のなかにだけあって、今の現実は俺にとって、生きた現実ではないのである」(「いやな感じ」)。「死んだ」過去と、「生きた」現実だ。「人間がそのなかで生きてきた歴史、人間がそのなかで生きている地理」(「わが胸の底のここには」)。シンプルだが、的確な定義だ。「生きてきた」と「生きている」の対照である。同化も対照も、文のしくみを生かしたものだ。ひろい意味での文法だ。

文章は、作者の感性や思考の光沢を示すが、それ以上の範囲に及ばない。文法は、回転する。視界を大きくひろげる。文法を力に人は少しだけ向こうに行く。ことばが入れ替り、そこにこれまで見たことのない、いいもの、新しいものが顔を出す。他の作家が文章なら、高見順は文法で書いたといえるかもしれない。文章は特別な能力を必要とする。選ばれた人のものだ。だが文法は特権的なものではない。誰もがつかえる庶民的なもの、フェアなものだ。作者と読者がつながる場でもある。その空間を大切にする。それが高見順の詩文の原点であるように思う。

高見順は、一九四一年九月一四日のノートに「三十五歳の詩人」という詩を書いている。『三十五歳の詩人』（中公文庫・一九七七）より。

詩人が私に向って嘆いて言うには
詩が失われたという　いまになって
詩を書きたく私はなった
夙に私は詩を愛していたが
詩が私のうちに失われた　いまになって
詩を書きたく私はなった

一九四一年九月は、太平洋戦争が始まる三カ月前。暗い未来が待っていた。日本人にとってもっとも困難な時代だ。詩人たちが詩をあきらめた時節に、「私」ばかりは、再び詩に向かう決意をする。

一節ごとに繰り返される「私」の位置に目を向けたい。「詩を書きたく私はなった」のように、いくらか文法的に読み取りにくい場所に「私」が置かれているが、それが意志の固さ、切実さを感じさせる。多くの詩人が詩から離れていくとき、その詩は「文学」だった。彼らの能力や個性の発動が時勢に阻まれたという感じのものだ。高見順の詩はちがった。そこには「文学」にはない、人間のことばがあった。高見順はそのあとも詩を書く「私」をつづけた。

（「高見順没後五十年特別展」図録・二〇一五）

大阪

小野十三郎（一九〇三―一九九六）の詩集『大阪』（赤塚書房・一九三九）の一編「葦の地方」。『現代日本名詩集大成6』（創元社・一九六一）から引用。

葦の地方

遠方に
波の音がする。
末枯れはじめた大葦原の上に
高圧線の弧が大きくたるんでいる。
地平には重油タンク。
寒い透きとおる晩秋の陽の中を
ユーファウシヤのようなとうすみ蜻蛉が風に流され
硫安や　曹達や
電気や　鋼鉄の原で
ノジギクの一むらがちぢれあがり
絶滅する。

戦時体制下の日本。あちこちの自然を壊して、軍需工場が建てられていく。変貌する自然のようすを見つめるこの一群の詩は、日本の詩の歴史にきざまれた。廃棄物によって、風景が壊されるのを嘆くだけではない。そのようすをしっかり目におさめようという強い意志から詩は生まれている。

またこの詩は、人間の精神を荒廃させる風景を、まるで、よいもの、美しいものをたたえるような調子で書いているように思われる。

「地平には重油タンク」といういいかたには「ここに美しい仏像がある」とでもいうような、ひびきがある。「とうすみ蜻蛉」の形容も、美しいものをとどめようとするときの、ことばのようすと同じ。一行を長くし、まるで、早くうたわなければ消えてしまう、さあ、早く、というように、ことばをつづけている。「ノジギクの一むらがちぢれあがり／絶滅する」にいたっては、「絶滅」

という悲劇的な場面なのに、高揚感がある。美しいものが、もりあがる気配で、力感にあふれる。だがこれは悲劇をうたっているのだ。表現の高揚で、悲劇が鮮明になる。

滅び行くものをうたおうとするとき、その表現は、いつもいつもかなしい、わびしい姿をしているわけではない。その逆のときもある。主題と表現が離反する。反対側を向く。主題をとればこの詩は暗く、かなしい。怒りの詩である。表現をとればこの詩は、明るく、美しく、力づよい詩である。主題と、表現のどちらもたいせつだから、この詩は暗いほうにも明るいほうにもなびく、不思議な生き物となる。いい詩にはこうしたことがつきものだ。主題と表現のどちらか一方にとらわれては理解できない。

(『詩とことば』岩波現代文庫・二〇一二)

ソクラテスと詩

同じプラトンの著作でも『ソクラテスの弁明』とちがい、『プロタゴラス』はなじみがうすい。『プロタゴラス——あるソフィストとの対話』中澤務訳(光文社古典新訳文庫・二〇一〇)は、藤沢令夫訳(岩波文庫・一九五九)以来、五一年ぶりの新訳文庫。この新訳にはこのプラトンの書物の「存在」をあらためて知らせる意味もあり、だいじな一冊であると思われる。

ソクラテス、三六歳。老獪なソフィスト、プロタゴラスは六〇歳ころ。二人の激しい論戦を、プラトンが再現したものだ。紀元前五世紀。アテネでは徳(アレテー)を説く職業教師プロタゴラスが、たいへんな人気。ソクラテスのもとにも、青年がやってきて、「さあ、すぐに彼のところに行きましょう」と誘う。ソクラテスは答える。「でも、きみは、そもそも何者のもとを訪ねるつもりでいるのかな? そして、きみは何者になるつもりなのだろう?」と。新訳でも一六頁分、この問答がつづく。ひとつのことにここまで滞留することは、いまはない。こちらもゆっくり読んでみると、二人の会話からは不思議な詩情が漂う。文学的な香りの高さ。それもこの古典のおおきな魅力だ。プロタゴラスは、徳は人に教えられると自信たっぷり。だが徳は教えることができるのかと、ソクラテスは考える。プロタゴラスに立ち向かうソクラテス。どちらも負けないし、ねばりづよいので議論は二転、三転。ソクラテスは要所で論点を整理し、同意を誘い、プロタゴラスを追いつめていく。


〈「反対のしかたでなされますね?」

「そのとおり」

「反対物によってなされるのですね?」

「そうだ」

「そうすると、無分別は節度の反対物であることになりますね?」

「そうなるようだ」〉

どんどん押すソクラテス。ついにプロタゴラスはやる気をなくし、ああ、もういい、「自分で決着をつけてくれ」。結局、徳とは何かの答は出ない。見えてこない。なのに読んでいると、目の前が明るくなり、みちたりた気持ちになる。それが、「考えつづける」人を見つめることの意味なのだと思う。いまはいろんな場面で単純な「解答」を求める人がふえているが、答のない世界をしっかり見つめたい。

詩が、文学の中心。第六章「ソクラテス、詩を論ず」も白熱。シモニデスの詩の一節「ほんとうによい人になることこそ困難だ」と、そのあとの一節の「矛盾」をどう解釈するか。「詩歌を解する能力」を競う場面で、ソクラテスは、詩人シモニデス固有の「言葉の使いかた」(その一語をいつもどのような意味で使っているのか)を見なくては詩の真実に迫れないと述べるなど、その詩論はきわめて周到で鋭い。いっぽうでソクラテスは、詩歌の議論は、低俗で卑しい人たちの酒宴に似ているという。解釈という、決着のつきそうもないことがらに熱心になるよりも「自分の声と自分の言葉を使って、自分たちだけの交わりを楽しむ」ことがたいせつと。やわらかい心で固められたことばがつづく。強く光りつづける。

長時間に及ぶ詩の議論は「文学論争」の基本形を示すものだ。「自分の声と……」は深くかみしめたい指摘。「対立」と「対話」は、のちの演劇の土台となるものだろう。こうしてこのプラトンの古典は、ことばで考え、文学をはじめとする芸術の原型を鮮やかに表現し、たたかう人間の永遠の姿を映し出すものとなった。プロタゴラスの別れるときのひとことも、いい。「ところで、いまの問題だが、またあとで、きみが望むときに論じることにしよう。いまはもう、別の用事に取り掛からなければならない時間なのだ」。ソクラテスは、いう。「じつは、わたしのほうも、ずいぶん前から、さきほど申し上げたところに行く時間になっていたのです」。議論のあとの、二人のことばだ。

(『昭和の読書』幻戯書房・二〇一一)

寺山修司の詩論

『戦後詩——ユリシーズの不在』は、詩人寺山修司(一九三五—一九八三)が一九六五年、二九歳のときに書いた批評だ。紀伊国屋新書、ちくま文庫のあと、このほど講談社文芸文庫で刊行された。ほぼ半世紀後のいまも、これほど魅力的な詩論は日本に現れていない。

「東京ブルース」(歌・西田佐知子)「あゝ上野駅」(歌・井沢八郎)を語るだけではない。戦後詩人の「ベストセブン」に作詞家星野哲郎を挙げるなど、自在。ことばと社会をつないで、独自の批評を展開する。

たとえば「キャッチボール」の話。「ボールが互いのグローブの中でバシッと音を立てる」、あの瞬間。「どんな素晴らしい会話でも、これほど凝縮したかたい手ごたえを味わうことはできなかったであろう」「手をはなれたボールが夕焼の空に弧をえがき、二人の不安な視線のなかをとんでゆくのを見るのは、実に人間的な伝達の比喩である」。この「実感」の復権が、戦後二〇年の日本人を支えたと。

歴史は「帰る」ことだが、地理は「行く」ことを教える。ひとりからひとりへとひびく。その手ごたえが大切だと。「実感」論は本題の戦後詩論となると、さらに冴えわたる。

たとえば、茨木のり子。「わたしが一番きれいだったとき」などの詩は、天声人語、教科書でひろまった。倫理的で、きりっとした詩は、人びとによろこばれるが、寺山修司はいう。「あまりにも社会的に有効すぎて、かえって自らのアリバイを失くしてしまっているのではないか」。吉野弘の詩「たそがれ」は、「他人の時間を耕す者」が、夜になり、自分に帰るひとときをうたうもの。これにも疑問をもつ。

〈「公生活」から解放されるという意味なのであろう。だが、「公生活」がなぜ他人の時間を耕すことなのか? それが私にはわかりにくい問題である。〉

人は「全体的なパーソナリティ」で生きるべき。〈帰ろうとすれば「いつでも自分に帰れる」から詩人なのであって、それができないような「他人の時間を耕す生活」なら放棄してしまえばいいではないか。〉

会社では、仮の姿。夜のわたしはすごいんだぞ、という人はいまも多い。人生全体の思考の場にかかわる、重要な指摘だ。「おやすみ」ばかりの詩の世界に、はじめて「おはよう」の詩をもたらした谷川俊太郎。でもその後の詩はどうか。「ことばが面白ければ面白いほど、私はなぜだか楽しめなくなってくる」。戦後詩の起点「荒地」の詩人田村隆一、黒田三郎らにも手きびしい。「自身の破滅を通してしか世界を語れなくなってしまった」。いっぽう「私は、最初から難解さを目的とした詩は好きである」と、読者を二人（澁澤龍彦、窪田般彌）に限定した（?）加藤郁乎の詩にもふれる。

こうしてみると戦後の詩は実にシンプルに、すなおに、鮮やかに人々の意識を表現したのだ。社会を知りたいときは、詩だ。ぼくも詩を読んでみようかな、と思った。

でもそれは、寺山修司の批評に魅せられたためである。田村隆一、茨木のり子、吉野弘らの詩の魅力も含め、寺山修司は、なにもかも知ったうえで書いているのだ。批判された人たちも、キャッチボールをするときのように、そのことばを受けとめたはずだ。寺山修司の批評には天才の鋭さと、すがすがしさがある。きらりとした愛情がある。

本書は「詩集」としても堪能できる。現代詩黄金期の始まりを告げた吉岡実の長編詩「僧侶」をはじめ、合わせて六四編の詩や詞の、全編または一部が引用されているからだ。「必らず読んで欲しい詩」と「その他」に分けている。「その他」のほうも読みたくなる。

(『過去をもつ人』みすず書房・二〇一六)

すきまのある家

いなかの家は日本海の浜辺といっていいところに、ぽつんとある。この夏帰省した。数日、母と二人で、ごはんを食べ、テレビを見る。夜、母は、早めに眠る。ぼくは夜明けまで仕事だ。

まわりは、静かな夜の松林。物音ひとつしない。仕事はあまりの静けさに、はかどる。そしてときどき退屈になる。部屋には、ぼくひとりしか人間はいないから。

するすると、音がする。なんだろうと畳の上を見たら、小さなカニが歩いている。一円玉ほどの小さなものだ。よくあるような普通のかたちをしているが、体は、淡い茶色一色である。子供ではなく、おとなのカニだろう。こきざみに動きながら、どこか落ち着いていて、こちらを見ているような気もする。

この三日間というもの、一晩に、一匹は、カニが出た。それぞれ同じものではなく、別のカニらしい。小さいので、顔はよくわからないが、ようすがちがうのである。

やっぱりそうで、最終日には同時に二匹出てきた。ぼくが「あっち行け」という顔をすると、さわさわと音をたてて、ひっこむ。ぼくがふとんに入ると、しばらくして、暗闇のなかで、大きな音がした。あまりの音にぼくはおどろき、また蛇でもやってきたかと思う。電気をつけるとカニだ。手提げ袋の上にあがって、下に落ちたらしい。

「君ね、よくそんな小さな体で、大きな音を出すものだね」

と、ぼくはつぶやきながら、またふとんのなかに入るのである。

川も海も近いので、カニがいるのかもしれない。家は木造で、すきまがあるので、いろんなものが入ってくる。ヤモリ、ムカデ、カナブン、コオロギ、スイッチョなど。あと、知らない名前の虫。昔からわが家は、それが当たり前だった。こういう「すきまのある家」は、わが国ではだんだん少なくなっているだろう。

すきまから入る、こういう生き物を見ていると、思う。家の外側で生きてきたこの生き物たちは、この世界について、ぼくのあまり知らないことについて知っているのではないか。こちらが想像している以上に、知っているのではないか。すきまから入るところを見ると、その知っていることをこちらに伝えたいらしい。「たいしたことではないのだけれど。それほどのことではないのだけれど。こちらとあなたはちがうのだけれど」というような、そんな歩調でカニは部屋を横切っていくのだ。

ものごとがゆきづまる。見えなくなる。あるいは人間のための空気がうすまる。そんなときにすきまを見つけて、ふらりと入り、ことばを置いて消えるような。そういうものに見えなくもない。

ともかく今年の夏は、カニが多かった。


（『忘れられる過去』みすず書房・二〇〇三）

幸福の眼

プーシキン（一七九九―一八三七）の詩と小説は、ロシアのみならず世界じゅうに大きな影響を与えた。ロシア文学を理解するためには、プーシキンだと教わったが、大学卒業の年の一九七二年から一九七四年にかけて『プーシキン全集』全六巻（河出書房新社）が出たことも知らなかった。そのあと「オネーギン」（木村彰一訳）の入る第二巻を買ってみたものの、「心傲れる社交界をば愉しまそうとはつゆ思わず」ではじまる五三〇〇行に及ぶ長い詩を、読みすすめるのは難行。そこに光がさした。「オネーギン」は韻文小説、詩の形式をとった小説だ。散文に訳し変えた、池田健太郎訳『オネーギン』（岩波文庫・一九六二、改版・二〇〇六）を読むことで、「オネーギン」がどういう内容の物語であるかがわかったのだ。

裕福な知識人の青年エヴゲーニー・オネーギンは、ロシア社会になじめず、無為の日々を送る。恋にも飽きた。退屈な田園生活で、地元の美しい娘タチヤーナに出会い、愛の告白をうけるが、彼女を遠ざけてしまう。恋は、いつでもできると。

そのあと、彼女は人の妻となるが、落ちぶれた彼は、そのときになって彼女への愛にめざめる。だが時は過ぎていた。オネーギンが衰えていくいのちをふりしぼってつづるタチヤーナへの手紙と、タチヤーナからの最後の返信は、この作品の白眉であり、読む人すべての胸を打つことになる。オネーギンの手紙の一節を、二つの訳で比較してみる。詩のかたちの訳と、散文訳だ。

「自由と平和こそ幸福に代りうるものだと、／そう考えたのです。ああ、仕方がありません！／何という誤りでしたろう！」「あなたの前で、苦悩のために正気を失い、／蒼ざめ果てて消えていく……これこそ幸福というものでした」（中山省三郎訳・一九三六）

「（……）僕は、こう考えたのです。――自由と安らぎは幸福に代り得る、と。ああ、何という間違いだったでしょう」「あなたの前で悩みほうけ、青ざめ、消えて行く……これが幸福だったのです」（池田健太郎訳・一九六二）

作家でもあった中山省三郎訳もいいが、この場面は池田健太郎の訳のほうがすっきりし、胸におさまる。「自由と安らぎ」も、彼の心に沿うものかもしれない。

いっぽうタチヤーナの手紙は冷静に、率直に自分の気持ちを示す。

「あのときあなたはわたくしのおさない夢想《ゆめ》を／少なくとも憐れんで下さいました。／年齢に対する顧慮だけはしてくださいました」「幸福は眼のまえにありました。／それを獲るのもやさしかった！……」（木村彰一訳・一九七二）

「せめてあの時、あなたが私の幼い夢に一片の哀れみを、幼さに対する一片の同情を持って下さったなら」「仕合せは目の前にありましたのに、手を伸ばせば届くほど近くに……」（池田健太郎訳・一九六二）

二つの訳には、はっきりとした違いがある。前のほうは、子供らしい夢を憐れんでくれたとあり、後ろの訳は「憐れみ」がなかったことになっている。詩は、文脈が不分明。散文で訳したときにはない「もや」のようなものがたちこめるので、こんなことになるのかもしれない。

意味はどちらも同じで、オネーギンの「憐れみ」に不足があったということなのだろうが、こうして比較してみて、わかることもあるのだ。

恋なんていつでもできると、人生を甘く見るのは、オネーギンひとりではない。「オネーギン」の悲劇は、誰もがどこかでもつ心の姿を、その心に問いかけるものとなった。

映画「オネーギンの恋文」（一九九九）。凍った湖上でタチヤーナがスケートを楽しむ。こっそり見つめる、老いたオネーギン。一瞬、タチヤーナは向きを変え、オネーギンのすぐそばに近づくが、突然、彼の目の前で、くるりと向きを変えて、滑り去る。この情景は原作にはないが、二人の位置を暗示し印象的だ。幸福は、眼のまえにあったのだ。だが向きを変えた。

（『昭和の読書』幻戯書房・二〇一一）

友だちの人生

中学のときも、高校のときも、本の感想を書くことができなかった。どんなことを書けばいいのか、わからない。そこに不安があるのだと思う。

特に感想を求めないような小説もある。こちらに負担をかけないのだ。それでいて何かを感じさせるのだ。ほんとうの名作とはそういうものかもしれない。

色川武大（一九二九―一九八九）の小説は、以前、「百」（一九八一・川端康成文学賞）という短編を読んだことがある。父親と家族のかかわりをテンポよく、軽妙に、感動的に描いたもので、『狂人日記』（一九八八）とともに昭和の掉尾を飾る名編だ。

このほど色川武大の作品集が出た。『友は野末に 九つの短篇』（新潮社・二〇一五）という本だ。題名が示すように「友は野末に」など九編を収録する。没後に刊行された全集には収められたが、生前の単行本には未収録のものなので、これで初めて知る人も多い。

色川武大はもう亡くなったので、当然のことに、新しい作品発表はない。でも読者は心のなかで「色川武大の新作を読みたいなあ」と思っているので、またそういう空気があるので、それを感じとった人たちが、どんな形であれ、新刊を出したい気持ちになる。それで、こんな一冊が編まれたのだろう。

単行本未収録ということは、色川武大が、ある期間に書いた作品をまとめるときに、これらの作品を収録しなかった、つまり自分で「落とした」のだ。亡くなる直前に書いたものを除けば、そうと考えられる。落選した作品なのだ。だから最初、どうなのかなと思ったのだが、読んでみると、なかにはとてもいいものがあるのだ。そしてぼくは、この本がとても好きになってしまった。九つの作品を読み終えたあとも、もう他にないのかなあと、まるでからっぽの箱の底を見つめるような心地になった。

なかでも表題作の「友は野末に」は、とてもいい作品だと思う。

大空くんという友だちのことを書いたものだ。大空くんと「私」は幼稚園、小学校までは同じ。大空くんはちょっと変わったところのある子どもで、「私」もそうなので、親近感をもつ。そのあと、はなればなれになるのだが、大空くんは、ときどき幻に現れるのだ。大空くんと、そのお母さんと「私」が銭湯でいっしょになるなど、夢もちょっと変わったものだ。

　それからどうなるのだろうと思ったら、そのあと、こんなことになるのだ。三〇年ほどあと、遠いいなかに暮らす大空くんから「私」に手紙が来る。そのあと、大空くんの訃報が届く。親しかった友だちを描いたというだけの話かというと、そうではない。

　大空くんと「私」が、少しおとなになって、接触をもたなかった時期に、「私」は、「大空くんはいったいどういう生き方をしているのだろうと思う」。

　この『友は野末に』に収められた作品には、このように、ひとりの人間の「空白」期間について、思いをめぐらす場面が多い。そのあと、あるいは会えなかった時期、その人がどういう生き方をしているのか、それが心にかかるということなのである。そのおりの何かとても真剣な、人間に対する愛情が伝わってきて、ぼくは強く胸を打たれる。

　これは単純な友情というものをこえたものだ。自分と他人の区別をもこえた、人生そのものへの想念のあらわれである。こういう気持ちで人に向き合う人が、いまはほとんどいなくなったように思う。淡々としているが、とても深みのある作品だ。

　もうひとつ感じたこと。それは色川武大の作品は、子ども時代も、それから少しあとの子ども時代も、それからのおとなの時代も、どれにもかたよらずに、そのときどきの人間の気持ちを同等に扱う、ということだ。だから読んでいると、人は、どの時期の人の姿にも、親しみと安らぎを感じる人になる。


（『過去をもつ人』みすず書房・二〇一六）

新しい人

いまも、いいことはある。次から次に詩を書く人が出てくることだ。それ以上に楽しいのは彼らがどこから出てきたのかわからないことだ。これが楽しい。この楽しみは昔と同じであると思う。

いまは詩集もデータにして簡単につくれるようになったので、新しい書き手は、詩集で登場することが多くなったが、以前は、ぼくが書き出したころは、詩の同人雑誌に書いていた。それを読み、すごい詩を見つけると、みなで蒼ざめる。「明日この人、有名になってしまうのでは」と思ったりして気持ちが落ち着かない。それをまた友人に回すと、これで友人もまた気持ちが落ち着かない。詩だけを載せて住所が書かれていないことが多い。情報が真っ暗なので、夜も、あれこれ想像する。気になり、寝つけないこともある。

それはいまも同じだ。これ、いい詩集だというと、友人はどれどれと読む。そしてびっくりする。いったいどういう人なのか。この詩集はどこで手に入れたのか。送られてきたのだというと、手に入れるにはどうしたらいいのかとなる。自費出版が多いから手に入れるといってもやっかいだが、こういうひとときにめぐりあうと、詩はいいなと思う。小説だと、新人賞になって顔写真まで載るのですぐわかるが、詩の場合はかなりの間活躍がつづいても、どんな人かわからないことが多い。それでその詩の「ことば」だけと、会っていることになる。ことばを通して深く会う。それがいいのかもしれない。

よく大学などで、イギリスかアメリカの詩などを研究している人がいる。作家でも、イェーツとかキーツとかブレイクとかブロークとか、そんな人について自信たっぷりに書く人もいる。でもそういう人たちは、その詩人がすっかり歴史のなかにおさまったから書くのだ。同人誌や生まれたての詩集を手にしておどろいたり、不安に思ったりする日常をもつことはあまりないだろう。不安にまさるよろこびはない。

（『詩とことば』岩波現代文庫・二〇一二）

砂漠と水滴

イタリア現代文学の鬼才、ディーノ・ブッツァーティ（一九〇六―一九七二）の新刊二冊を読んだ。長編『タタール人の砂漠』と、短編集『七人の使者・神を見た犬他十三篇』（ともに脇功訳・岩波文庫・二〇一三）である。この二冊は以前、単行本のときに読んだが、いつ開いてもおもしろい。

「タタール人の砂漠」は、辺境の砦に配属された兵士たちの話。砂漠の向こうから、タタール人が攻めてくるというのだ。だが何も起こらないので、空しさを感じて、砦を出ていった兵士も、またさみしいような気持ちになって戻って来たりする。こうして三〇年が経過する。でも誰も攻めてはこないのだ。何も起きることはないのだ……。「人生」に、行き過ぎた期待と希望をもつ人に語りかける傑作。

『七人の使者・神を見た犬 他十三篇』も、魅力的な作品ばかりだ。

まずは、「七人の使者」。父が治める王国の踏査のため、王子の「私」は旅に出る。王国がどこまでひろがっているのかを知りたいのだ。遠ざかる都のようすも知りたいので、旅先から都へ、七人の使者を放つ。最初は一〇日で使者が戻った。こちらも進むので、それからはさらに時間がかかり、いまは使者が戻るのに七年。行けども行けども、国境は見えてこない。無限にひろがる世界に向け、最後の使者ドメニコを見送るところで終わる。彼が戻るのは一〇年後、二〇年後どころではない。三四年後らしい。測りがたい哀愁がある。

「七階」。男は、ちょっと具合が悪くなり入院。医者の診断では、さほど心配しなくていいらしい。病室は七階。下の階ほど病気が重い。見おろすと、一階の窓のブラインドがおりている。一階は死ぬところらしい。看護婦から、ちょっと休暇をとりたいのでとか、この階よりも、いい治療が受けられるので、などといわれ、ひとつずつ下の階に移され、気がつくと、いつのまにか一階に。窓のブラインドが「ゆっくりとおりていく」。怖い話、苦い話なのにスピードが心地よい。人生の何階にいても、読んでおきたい作品だ。

今回は「水滴」という一編に惹かれた。「水滴がひとつ階段を一段一段昇ってくる」。これ、なんだろうね。そのうち、「音がするかどうかと疑いながら夜を過ごすよりも、まだしもそれが聞こえる方がましだった」。

この水滴は、何か。寓意ではない。死、危険、歳月の象徴でもない。「あるいはもっと深く考えて夢や空想を表わして」いるものでもない。「それは単に水滴がひとつ、階段を昇ってきているにすぎないのです」。ああ、なんと美しい「一滴」だろう。あれはこれ、これはあれと、人は意味を求めて生きる。だがブッツァーティの「水滴」は、ただ階段を昇っていくのだ。今日も、きのうも。


（『文学のことば』岩波書店・二〇一三）

風景の時間

どんな風景のなかを歩いてきたか。美しい風景でもないし、心洗われる風景でもない。なんの変哲もない、ありふれた風景のなかを通ってきたと思う。

たとえば、いなか道を歩く。何かの草がはえている。ガードレールのついた道。情緒もない。取柄もない。見どころもない。この地点と別の地点をつなぐ。それだけの、まさに殺風景なものだ。歩くときは目をつむっているほうがいいな、とも感じる。いなかだけではない。平凡な風景はここかしこにある。

ぼくは最近、そういう風景に興味をもちはじめた。人が見ている風景の大半は、そういう風景であるからだ。

フォークナーの名作「八月の光」（一九三二）に、首飾りからはずれて、「忘れ去られた珠のような村とも言えないような小さな村を横切っていった」（黒原敏行訳）

とある。印象に残るが、実際にはごく普通の村落を、このように表現しただけかもしれない。

木山捷平の小説「七人の乙女」（一九六七）に、「その辺はちょっとした小形の高原のような場所だった」とある。「小形の高原」とは楽しいが、実際には、普通の高台だったかもしれない。特徴のない風景も、描かれると姿を変える。特徴を身につけるのだ。

西脇順三郎の名詩「旅人かへらず」（一九四七）は、春夏秋冬の郊外の風光をめぐる。この長編詩の最後は「水茎の長く映る渡しをわたり／草の実のさがる藪を通り／幻影の人は去る／永劫の旅人は帰らず」。感動的な結びだけれど、そこにも普通の風景がひそんでいただろう。「水茎の長く映る」とはいえ、それはそのように書いてみただけのことかもしれない。詩情が実景をおおいかくしているのだ。小説も詩歌も、よき風景に応えるだけではない。平凡なものにも反応した。そのしるしである。

西東三鬼『夜の桃』（一九四八）の代表句。「みな大き袋を負へり雁渡る」。これも一見、特別なものに感じるけれども、通常の晩秋の景色のようにも思われる。でも表現されることで、荘厳な空気がひろがる。

こうした地味な風景があることで、ことばが生まれる。思いも生まれた。人から見放されたかのような風景にも意味があるのだ。人はみな、それらといっしょに、とても長い時間を過ごしてきたのだ。

そんな風景を目にすると、そばに行って話のひとつも聞きたくなる。家族はいるのか。友人はどうか。将来何になりたいのか。心境を知りたい気分になる。心の深いところで、親しみを感じることもある。

でもそれ以上のものではない。特別なものではないからだ。そんな気持ちで、今日も風景を見ている。

（「徳島新聞」二〇一八年七月二十九日・他＝共同通信社配信）

作品論・詩人論

感情と思想の美しい一致　言葉の力　辻原 登

――荒川洋治『心理』

寒山　この窓に詩集を一冊置いといたぜ。
拾得　李白かい？
寒山　いや、日本の詩だ。それは全篇で一つの統一をなすように配列されている。ここには歴史がある。詩集は郵便番号簿からはじまっているのだ。
拾得　郵便番号簿と歴史はどう関係する？
寒山　読むよ。

井上伝蔵は、安政元年369―1503吉田町下吉田生まれ、会計長。解体後、同町369―1503関耕地の斎藤家の土蔵に隠れすみ、そのあと北海道へ渡り、090―0000北見／野付牛へ。伊藤房次郎の変名で代書業、詩文ものし、当地で結婚、死亡一〇時間前に、写真をとらせる。家族に、この死んでいく男は「井上伝蔵」であることを明かす。きっぱりと話す。死ぬ。「3」から「0」へ。
きっぱりと話す！　死ぬ！

拾得　なるほど歴史だね、それは。死ぬ！　きっぱりと話す！
安政元年は一八五四年だな。秩父困民党事件だな。
寒山　僕はいま、郵便番号簿、持ってるんだ。369は埼玉県だ。逃亡して090―0000は北海道、北見だもんね。だからこれは地理でもある。別のを聞いてくれるかい？

新幹線で三島駅を通るたびに
「ああ、もっと勉強しなくては」と　子犬は思う
昭和二十年　終戦の年の十二月
静岡県三島市に「庶民大学」の序章は生まれた
講師は三十一歳の
東大助教授丸山眞男

学生、商店主、農民、主婦、子犬が集まる。
講義の中心は「なぜ戦争は起きたのか。どうして日本人は戦争を阻止できなかったのか」

（略）

「また明日ね」といいあって
駅の階段を降りていく姿が
この世では美しいもののように思う
また明日　彼女と若葉の茶をのみ　靴を締める男の希望のなかを
阻止は　流れていくか

拾得　いいね、その詩は。その詩人はひとのこころに通暁しているね。

寒山　「心理」という詩だ。詩集全体もほら、『心理』とついている。

拾得　その「心理」、最後の聯はどうなの？

寒山　丸山は
流れるように階段を降りる（子犬も）

拾得　完璧だ！

寒山　僕たちについての詩もあるよ。

拾得　鷗外がしゃべったな。

寒山　ここにも歴史と地理と心理がいっぱいつまっている。なによりも、感情と思想との美しい一致がある。言葉の力だね。この詩人は別のところで、こんなふうにも書いている。「詩は一編のかたちをした　文字の現実のつらなりのなかにしか存在しない。つらいが、頰をつねりたいが、そういうことだ」。感情と思想の一致。これを高貴さと呼ぼう。僕らの渡世がめざしているものはいつもこれだ。人生の秘密とはこれだ。

拾得　読んでみるよ。日本語、習得しておいてよかったな。

（「毎日新聞」二〇〇五年六月五日、ちくま文庫『新版 熱い読書 冷たい読書』所収）

見たことのない谷間のかたち

峰飼耳

　若いときから継続的に詩を書き続けている詩人の多くが、いつのまにか本人の自覚とは別に、詩の傾向としては守りの体勢を取りがちになる。珍しい眺めではない。そんな中、時期によって書き方を変えながら攻めの姿勢を持続する数少ない詩の書き手の一人が荒川洋治だ。なにがこの現代詩作家に、そうした活動の持続を可能としているのか。もっとも簡潔にいうならば、おそらく、散文も射程に入れた視野に根差す深い批評性だろう。

　いったん見えた方法に、おさまって絞り込んでいくのではなく、ときには壊し、放棄しながら、新たな方向を試していく。比較的にいえば近年の変化には初期の新陳代謝ほどの激しさは見られないかもしれないが、代わりに一編の詩が見せる深度は増し、言葉に宿る影もゆっくりと伸びている。変化とともに円熟ももたらされたと見るなら、詩の書き手とその作品の在り方として現代、稀有な例だ。学ぶことは多い。真似は出来ない。

　『北山十八間戸』（気争社・二〇一六）について書く。鎌倉期の僧、忍性によって奈良坂に作られた救済施設・北山十八間戸が出てくる表題作の他、保元の乱、日韓の間に横たわる竹島問題に触れる作品など、一冊を通して、歴史や現在の事柄を取り入れた詩が目に立つ。現実はどのように切り取られるのか。物事の切り取り方は、一般に想像されている以上にいくつもあるのではないか。そのような目線が強く感じられる作品集だ。

　先に、批評性と書いたけれど、荒川洋治の場合、散文系の言葉も多く執筆する中でかえって詩の姿が見えてくる、という場に身を置き続けることそのものが、この書き手に新たな詩の鍵を提供している。そのように見える。散文とは何か、詩とは何か。仮に、詩と散文、と対比的に見ることが可能だとして、その差異をめぐる考察をもっとも深めた言及は『詩とことば』（岩波書店・二〇〇四）の中の、たとえば次の箇所だ。

〈詩は、そのことばで表現した人が、たしかに存在する。たったひとりでも、その人は存在する。でも散文では、そのような人がひとりも存在しないこともある。「白い屋根の家が……」の順序で知覚した人が、どこにもいないこともある。いなくても、いるように書くのが散文なのだ。それが習慣であり決まりなのだ〉。

詩の読み手だけに向けられた論ではなく一般読者に向けても書かれているので、一見わかりやすく刈り込まれているが、明快になるはずはないと思われる核心部分が、ごく明快に論じられている。散文は、文法や語順などの面から見ると確かに「操作、創作によるもの」だ。だから「それは人間の正直なありさまを打ち消すもの、おしころすもの」であり、それに気づいた人は「詩のことばにも価値を見る」と進んでいく文脈に、躊躇は見られない。たとえ躊躇する点があったとしても、そのために見取り図を描き提出することを断念したりはしないのが荒川洋治だ。

詩になじみのない読者に対しても、浅くはないレベルで届くように言葉が配置されている。開かれた論だと思う。「散文がどんな場合にも人間の心理に直接するものなのかどうか。そのことにも注意しなくてはならない」という。もちろん散文も、それを成り立たせるさまざまな要素をある意味で標準化したレベルにおいては、人間の心理に接続するものなのだ。だが、相対的に見れば、詩のほうがそれをいっそう強く映し出すものであることは間違いない。まさに、そこに詩の存立が掛かっているのではないだろうか。だからこそ、散文系がいかに存在感を増しても、詩と名指される言語表現はなくなりはしないのだ。別の言い方をするなら、散文よりも詩のほうが本能に近いレベルで動く要素を多く持つ、ということかもしれない。

ここから先が少し複雑なところだが、詩と散文が対峙する分岐点を見つめようとする荒川洋治の詩は、実際には、散文の要素を取り込んで進行する。その点においては『北山十八間戸』は、これまでの荒川洋治の詩集でも発揮された方向性を引き継ぐもの、深めたものといえる。散文の要素を取り込む、という動きは、そうなってしまうから、ということではもちろんなくて、意図的な選択の結果、あるいは散文の要素が侵入することを自覚的に許した結果と見られる。

詩なので、言葉の表出そのものについては、作者自身も感知できない次元で動く。けれど、少なくとも散文的要素に関しては、一編の詩の誕生以前という段階、つまり、いつもの時間、ということになるだろうけれど、その段階での志向と判断がものをいう。それは批評性が動く場でもあるのだ。荒川洋治の詩の特徴は、こうした次元から発していると考えられる。

詩以前の次元にある志向と判断が、なにか感覚的なものの発露やイメージの感受と素早く結びつき、一編の詩の姿へと凝縮する。こう述べると、それは詩について一般的に生じる現象では、と思う人もいるだろう。ところが荒川洋治の場合、詩以前の次元にある志向と判断に、独自の積極性があるためか、そこと感覚やイメージとの間にできる谷間が深いのだ。深いし、類のない地形を見せている。この谷間をわたる残響が、深度を持つ。現状において、荒川洋治の詩にはこのような特徴があると私は考える。

表題作「北山十八間戸」は、読めば読むほど言葉の向こう側に潜伏するものの気配が動いて、戦慄させられる。冒頭部分を引用する。

エンジンについて。

表現の組成要素について。

中学の教師「きみは、ことばの選び方があやしいね。」
「はーい」
高校の教師「きみは、判断もおかしいね」
「はーい」「はーい」なぜ二人もいるのだろうか

返答する主体を一つに絞ることを、はっきりと避ける。というより、そのこと自体が現代詩の鍵だという判断の反映ではないか。詩集『実視連星』(思潮社・二〇〇九)のタイトルとも重なる。星の陰に別の星があって、動く。見えなくても、それは確かにある。天文の言葉に託して見えないものの実感が述べられた。

「目で読む戦後詩」(『詩論のバリエーション』學藝書林・一九八九)では、戦後詩における「私」について次のように観察する。

〈何人もの人がかきあつめられて、つどおうと、最終的には「私」の行状、意味になってしまう。「私」を描くことはともあれ、公的な「私」の示し方、あみ出し方においては比較的心をくだかない〉。

歳月をくぐって、この視点は現在も荒川洋治の軸の一つを形成する。話を「北山十八間戸」に戻そう。私は次の箇所をたびたび思い返す。

小枝の落ちた敵地は
濁るばかりだ
話にならない一角
魅力も特徴も性格もない一角で　位置につく

これはまさに荒川洋治の姿勢そのものではないか。第八回鮎川信夫賞受賞に際して書かれた「受賞の言葉」では次のように述べられている。「詩ではなく、詩の形をした文学作品をつくりたい。そんな気持ちで書いていた」と。荒川洋治の場合、詩の中に出てくるさまざまな固有名詞や具体的な事柄は、その向こうへさらに突き抜ける視点を用意するためのものなのだ。固有名詞が描出する次元に目標があるわけではなく、またそこに留まることもない詩の世界だ。『北山十八間戸』は、私の視界には、見たことのない谷間のかたちをして現れている。

（「現代詩手帖」二〇一七年九月号）

幽霊の時間

森本孝徳

二〇一五年にアルバムデビューしたロックバンド、Taiko Super Kicks のボーカル伊藤暁里によると、荒川洋治の詩に惹かれるのはそれが「とても現実的なもの」だからだそうだ（CINRA.NET）。

この見解を僕はほぼ全面的に支持するのだが、悩ましいのは「現実的」という語の解釈である。伊藤は非「現実的なもの」＝詩一般へと自身が抱懐するところを述べて「それまで、詩って理想論っぽいものだと思っていたんです。生活していくなかで生まれるちょっとした感情を美しく語るもの、みたいな」と語る。「でも、荒川さんの詩はとても現実的なものなんですよね」と――つまり、荒川の詩とは「生活実感からの退却」である。ここで想い起こされるのは、田中小実昌が書いたこんな文章のことだ。「それに、ぼくは実感なんてへたなのではないか。メイクビリーブおじいだもの。だから、なにかを、まるで実感したような言いかたで言うと、まちがったことになる」（「言うということ」『ないものの存在』）。「メイクビリーブおじい」という言葉の凄味にこちらの目はまず吸い寄せられるが、肝心な点は「ぼくは実感なんてへたなのではないか」にある。「まるで実感したような言いかたで言うと、まちがったことになる」。

荒川洋治の詩には幽霊の類がよく出る。本書収録の詩集『心理』にも、例えばこんな「体験談」があるのだ。「人が列車のなかで行なうことは／まぼろしだ／ベビーリーフを頭にのせた大原女も、強いまぼろしだ／強いまぼろしには／何度も会ってきた／シカゴでもデトロイトでも／冷たい野原の海をあびるようだ／盥の水でもあるようだ」（「デトロイト」）。

おわかりいただけただろうか。人は「強いまぼろし」とされる何者かに「冷たい野原」で「何度も」会う。そこは「あびるよう」な「野原の海」だ。野原は「あびる」ことができるという点で「盥の水」と擬似的であり、あびるべき「盥の水」には「まぼろし」である「大原女」が濃く浮かんでいる。

なぜ「大原女（オハラメ）」なのか。例の田中小実昌が訳した『親友・ジョーイ』の著者、ジョン・オハラからの連想（要するにダジャレ）だろうか。それはともかくとして、手の届く範囲の「面」には強く「まぼろし」が映しだされて、それとの邂逅を前に人は無力だ。水（mizu）を地図（chizu）におきかえさえすれば、ひょっとしたら七〇年代前半の荒川（『娼婦論』と『水駅』）の主題についても同様のことがいえるかもしれない。

水辺に立つ強いまぼろし。盥の水にみえる異性の幽霊。視えるものが視ることより濃厚に出てしまうこと――それは詩「キルギス錐情」（『娼婦論』）の筆頭「方法の午後、ひとは、視えるものを視ることはできない」でも断言されていたことだが、ところでそのセンテンスは荒川本人の「詩の原理」を裏切ってはいないだろうか。

裏切られているのは本書の散文部にも収録された、その名も「散文」である。「でも人は「谷間の道を、三人の村人が通る」のを見たとき、あるいは思い浮かべたとき、実際に「谷間の道を」「三人の」「村人が」「通る」というふうに順序だてて、知覚するのだろうか。そうする人もいるだろうが、「三」「村人」「谷間」というふうに進む人もいるはずだ。そのほうが自然だろう。でも「三」「村人」「谷間」と書いては、なんのことかわからない。それで散文の習慣にしたがって「谷間の道を、三人の村人が通る」と書くことになる。読む人のために、作者個人の知覚をおさえこむのだ」。

個の「知覚」を抑制してその「習慣」に従わせるもの。荒川は「散文」をそう定義する。そして個が「知覚」したものを直に表現する「詩」を「散文」に対峙させる。煎じつめれば「三」「村人」「谷間」とだけ放り出すのが詩だ。だがこの観念に従ってみるとき、人は「方法の午後、ひとは、視えるものを視ることはできない」のような否定文を書くことができるだろうか。

「方法の午後」はいい。それが何物であるかは未知数だが「作者個人」にとっては何物かであるのだろう。「ひとは」もいい。「視えるものを」もいい。「視ること」も納得。しかし文末の「できない」とは何事だろうか。進みかたの「自然」を支持するなら、最後に覆すようなことをするのは反則じゃないか。ないものは「ない」といってくれよ。そりゃないよという話である。そりゃないよ。この不服は詩「北山十八間戸」に対してもつぶやかずにはおれない。

「いなかの　あるいは町はずれの／舗装された道路／ガードレールがつき　ただの田畑が見え」まではいいのだ。しかし「誰の写真のなかへも入らない　選ばれない」からが怪しい。なにしろ「事実にもいれにくい／背景ともなれない／そんな変哲のない一角は／住宅街にもあり／テンナンショウ属のイモも実らず／わずかな感興も魅力もない／そのような一角は表現に値するのか／カウントされるのか／連れて帰る「縄」はあるのか」である。そりゃないよの目白押しだ。

きわめて当たり前のことだけれど、否定文を日本語で書くとき、人は否定すべき対象をとりあえず一度は表示しなければならない。それをすかさず抑圧するわけだ。それに、散文「風景の時間」に引かれる西脇順三郎の詩句「幻影の人は去る／永劫の旅人は帰らず」はその好例であるといえるけれど、顕揚と否認——そんな所作の甲斐もあろうか、否定は独特の「詩情」をつけ加えることもできる。これは膠着語の宿命なのかもしれない。

ただしその宿命の特質にはまだひとつある。それは否定された文字列に少なくとも一度は目を向けた経験を殺すことが人にはできないという性質である。「視えるものを視ること」も「テンナンショウ属のイモ」も空間の事実としては否定されるけれど、それらを文字にして見つめた数瞬の時間は確実に介在しているのだ。文の全体性を担保する文末の「ない」は、そのたった二字の一撃によって「視えるものを視ること」を圧殺しようとするが、圧殺されたものは圧殺するものの一部分となって「視えるものを視ること」として生き存える。

僕のいうことは少しまずいかもしれない。しかし続けてみると、否定対象は文の全体性によって圧殺されるが、一方でその圧殺する闇（方法の「午後」?）は、己の内部に没し去りつつある詩の言葉の「顔」のために脅かされる。威嚇される。幽霊が現れるわけだ。おわかりいただけただろうか。

幽霊というのがあまりにもアレなら、あるいは「カニ」にも喩えられよう。本書収録の散文「すきまのある家」を訪ねるカニ、つまり「ぼくが「あっち行け」という顔をすると、さわさわと音をたてて、ひっこむ」というあの動物キャラクター、カニである。

「ぼくがふとんに入ると、しばらくして、暗闇のなかで、大きな音がした。あまりの音にぼくはおどろき、また蛇でもやってきたかと思う。電気をつけるとカニだ」。めいわくなカニだ。ユウレイグモ一匹でも部屋に出れば大騒ぎする僕には想像を絶する。

ところで「すきまから入る、こういう生き物」について、小説家の後藤明生は彼らを「紙ネンド」で潰して、「見えない」状態へと追い遣りながらこう記していた。「解体？　消滅？　要するに、何もかもが、一切無くなってしまうからである。存在そのもの、というより、いったいそんな存在があったのかどうかを、疑う余地さえそこには存在し得なくなるはずだった。つまり、誰の目にも、虫はまるっきり見えなくなってしまうわけだ。／このようにしてその無名の、黒い一匹の虫は紙ネンドになるものと考えられる。もちろん紙ネンドの一部である。一部？　もはや虫は紙ネンド無しには考えられない。なにしろそれは紙ネンドの一部になったからだが、一方、紙ネンド自体はどういうことになるのだろう？　果たして、いまやその一部となった虫無しに、考えられるだろうか、考えられないはずだ。つまり紙ネンドに解け込んだ虫がその一部となったように、紙ネンドもまた虫の一部となったのである」（「書かれない報告」）

「ない」が圧し潰すもの。それらをさきほどは「幽霊」と呼んだが、彼らのようなよそ者はほんの二字で全体的なはたらきをおこなう否定辞の一部である。一部？　もはや「幽霊」を見た数瞬の時間は文の全体性なしには考えられない。

一方「ない」自体はどういうことになるのだろう？　果たして、いまやその一部となった「幽霊の時間」無しに、考えられるだろうか、考えられないはずだ。つまり「ない」に解け込んだ「幽霊の時間」がその一部となったように、「ない」もまた「幽霊の時間」の一部となったのである（！）。

ともあれ正念場はやはりよそ者どもの通路の確定だろ

う。当然「すきま」以外にないが、後藤の「虫」は「暗闇の中の迷路」を通じてやってくるらしい。「もちろん男が考え続けていたのは、虫の通路だ。しかしながらその通路は、暗闇の中の迷路だった。そしてその迷路の果てに、虫が男の住居に侵入するために必要な、住居の傷口があるはずだった。その傷口は見えなかった。どこにあるのかもわからない。しかし虫は男の部屋へ向って毎晩侵入してきているのだ。そしてそれが、ダイニングキッチンの天井の傷からでもなく、また、できそこないの歯ぐきの石膏のような白っぽい紙ネンドで、すでに塞がれている流し台の前の白壁の傷口からでもないとすれば、男の目には見えない第三の傷口からであることは確かだ」(同前)

　戦う男の目には見えない「第三の傷口」について、まだ戦わない荒川はこう言い添えている。「家の外側で生きてきたこの生き物たちは、この世界について、ぼくのあまり知らないことについて知っているのではないか。こちらが想像している以上に、知っているのではないか。すきまから入るところを見ると、その知っていることをこちらに伝えたいらしい。「たいしたことないではないのだけれど。それほどのことではないのだけれど。こちらとあなたはちがうのだけれど」というような、そんな歩調でカニは部屋を横切っていくのだ」。

　もしかすると「第三の傷口」って、シラミ潰しに「事実にもいれにくい／背景ともなれない」「わずかな感興も魅力もない」ああでもないこうでもないと、よそ者どもの通路を塞いでいくことでしか特定できない場なのではないだろうか。でも、万に一つの可能性としてその通路を特定してみせたところで、よそ者どもは「こちらが想像している以上に、知っている」のだ。それにただ意味の運び手としてだけ招致される無心な「ない」も、重なれば北陸の雪みたいに堆積して根雪となってとどまるかもしれない。

　風景への荒川の関心は、毀損されて喪失したふるさとを回復しようとする志向とも相容れないだろう。実感(わずかな感興や魅力)の回復ではなく、実感の失調やそこからの退却によって炙りだされるつまらない傷口こそ、彼の関心の的だからだ。

情緒もない。取柄もない。見どころもない。この地点と別の地点をつなぐ。傷口とはそれだけの、まさに殺風景なものだ。ただし荒川はそれを描写しない。行間としてさえ表現しない。アンビエントに漂わせない。そこでは人の実感の失調（ああでもないこうでもない）により屠られたものたちの幽霊が連なっていて、不可視の第三点（あるいは「宇宙の外の／極小の点」）からこちらを眺めている。

詩「東京から白い船が出て行く」は、未刊の詩集『炭素』のひとつめにある詩「伏見」にその「白」の碇泊地をもたせている。

主題をとればこの詩は暗く、かなしい怒りの詩である。表現をとればこの詩はコミカルであり、どこか間が抜けていて明るい。以上は散文「大阪」の口調を一部まねてみたにすぎないけれど、さてTBS系二時間ドラマ「税務調査官・窓際太郎の事件簿」（主演・小林稔侍）のサブキャラクター薫さん（演・麻生祐未）は「細身にスーツを着ているが／汗かきなのか／白いハンカチを右手ににぎりしめて／税務調査官の窓際さんのことが／すきでその顔をみるとあわててしまい／「あー、あー、あー」とうめいて／前方に素っ転んでしまうのだ」という。「同僚なのに／いつも近くにいるのに」彼女の言動はいつも失調をくりかえしてばかり。「すきなひとはそばにいるのに／ことばをかけられない／ハンカチだけのせて東京から白い船が出ていく」。

薫もよそ者どものひとりなのだといえば、お前は己の議論に薫をこじつけすぎだとの誹りを受けることになる。そりゃそうだろう。でもテレビをみる荒川の目がひたすら「へた」なキャラクターに注がれているのは確かだ。

先述のとおりこの詩は怒りの詩である。荒川洋治の怒りは、ある時点を境に恥ずかしげもなく「私も実感できる」「実なるものに私も直結し得る」とカン違いをしてしまった人びとにさしむけられているのだろう。この詩の主題は「詩の被災」だった。

（2018.12）

荒川洋治と社会

福間健二

私は詩集『一時間の犬』（一九九一）のこんな一節が好きだ。

公園には冬の炎
みじかいスカートの娘たちが
パッとした足のなかに長い夢をいれたまま
朝の掃除をはじめている
みんなうすうす今日の
歴史を感じている
冬のそよ風を
（「冬のそよ風」）

どういいのか。まず、平板さを免れている表現の安定感に心地よさがある。その上で、「娘たち」を主格において、決め手は「パッとした」と「歴史」。「パッとした」には、こういう使い方あるのかなと思わされる。足と夢の「いれる」関係も奇妙だが、「みじかいスカート」と「パッとした足」が先に出て、そのふしぎなエロティック効果でそれをありにしている。「歴史」は、よく言われるような「歴史を感じる」の歴史とはちがう「今日の／歴史」であり、「冬のそよ風」と同格となる。春のそよ風ではなく、「冬のそよ風」。とにかく「歴史」と並ぶのだから、当たりさわりのない吹き方をするものではない。作品の冒頭にあるように条件はつくとしても「こころの問題」を歌わせる風なのだ。雰囲気だけのために多くの詩作品が吹かせてきた風のようには、人を戯れさせない。

最初に読んだときはほとんど啞然としたが、この風は、このあとに、安定感をひとつ崩して、「彼らのすべてが／彼らの父であることがわかる」からの節、さらに「生活はもうにどとめぐってこない」からの節を呼び込む力をもつ。すじみちをわからせない飛躍はある。だが、作者、読者、登場人物、だれをもそんなに遊ばせない飛躍だ。

もうひとつ、『一時間の犬』から。

五つの　ひとつひとつの道には
遠くから水色の灯りがつき
遅れた一本の道も
あたりの闇をはらいはじめた
これで京都になった

（「京都」）

これも、まず、「灯りがつき」と「闇をはらいはじめた」の同義反復的言い方を軸にした安定感がいい。用済みになったマルクスの像をこの前の節で出している。ウズベキスタンの首都タシュケントが舞台である。そこに「これで京都になった」と一気に勝負に持ち込むような技を決める。

このあと、「理由はわからないが／この都市は生きているが／それよりも　生きてきた」と語り手は自分の疲労（眠気）と向かいあう。さらに大阪も出てくる。外国の土地が知っている土地になる。自分の「生きてきた」ことに気づく。遊んではいられなくなるのだ。

以前に書いたことであるが、『一時間の犬』の旅は、荒川洋治にとって、初期の作品の舞台へ初期の作品を棄てに行っている旅だったかもしれない。かわりに現実の音を拾ってきた。思い切りのよさと旅の時間の眠たさがそれをふしぎな音楽にしている。

音楽、とわざわざ言うのは、ほとんど無意識のうちにつかんだ言葉に対して無理に意味のつじつま合わせをしていないと感じられるからだ。そのなかでの「私は生きている／同情と共感でおどろき嘆きかなしむが／私は二度と生きたりはしない」（「ベストワン」）や、「もう／これ以上／人間としてすること／課題を見いだすことはできない／と　人は目の裏で見ている」（「資質をあらわに」）といった表現の、なにか訳のわからない宣言のようなつよさ。いわばコンテクストの外で、直接的に私たちに問いかけているものがある。

一九九一年は、湾岸戦争の年。日本の詩人たちにとっては「湾岸戦争詩」とそれをめぐる論争の年だった。私は、自分も発端のひとつである雑誌「鳩よ！」の特集に参加しながら議論からは逃げを打ったことになりそうだが、「幼稚さと高度さが瞬時に入れかわってしまうような局面のふしぎさを意識させられた」と当時書いた。

その年、荒川洋治は、三月に文芸誌「海燕」連載の文芸時評をまとめた『読んだような気持ち』、六月に選詩集『笑うクンプルング』と紀行エッセイの本『ブルガリアにキスはあるか』、そして十一月に『一時間の犬』を出す。散文の二冊は、文句なしにユニークでおもしろいが、小説を読んで「読んだような気持ち」になるというのも、旅先で向きあうのはいつも自分の性格だというのも、方法として、状況の求める積極性を逆手にとるものだった。状況に対して私の感じていたことに絡ませて言うと、片方だけでは勝負にならない幼稚さと高度さの両方を入りくませるところが『一時間の犬』につながる。

散文でも、詩でも、素手と技、どちらの神話からも抜けだす。その自在さが、たとえば論争する藤井貞和や瀬尾育生の視野とは別なところに「現実」を生みだす。借りものじゃない自分の目で見る、自分だけのことには終わらない「現実」である。一九九一年の荒川洋治は、そういう夢だった。

そこからの、三十年近い時間。荒川洋治の仕事は、停滞していない。詩というジャンルにかぎってのことでなく、日本語で発表される表現のなかで、それはきわだっている。こんな書き手はほかにいない。

印象批評を許してもらえば、彼のページをあけるとパッと明るい光がある。一般に、文章については平明という言い方があるけれど、平明さプラスアルファーの明るさだ。読者を気やすく招いている。それだけではない。何を書くか、どう書くかに潔い覚悟をもった明るさだとしたい。

あるときから（「日本大百科全書」の田野倉康一の記述によれば、一九九六年から）彼は肩書を「現代詩作家」としてきた。なぜそうする必要があったのか。いまでは「詩ではなく、詩の形をした文学作品をつくりたい」（二〇一七年、「鮎川信夫賞受賞の言葉」）からだったことになる。実は、これも、「読んだような気持ち」と同じくらいに「理論上はおかしいが実際上はさほど不思議ではない」（『読んだような気持ち』あとがき）というものだが、この場合の「文学作品」とは、詩のジャンルに収まらない作品、もっと端的には小説やエッセイに質的に近い作品で「詩の形」をもつもの、という以上ではないだろう。

詩による小説をめざす。とくに詩集『針原』(一九八二)以来、荒川洋治の作品史にはその流れがある。また、詩と散文の境界を揺さぶることや、詩になっていない(と意識するのは自他のいずれでもありうる)部分を作品に入れる自由を確保することは、彼の専売特許というわけではないとしても、『坑夫トッチルは電気をつけた』(一九九四)以後、それがこの社会のなにかに抗議するような独特の攻め方として見えてくる。

文学だけでなく芸術一般において「社会性」とされてきたものは、もう何番煎じかわからない。それをなぞらずに、社会とのつながりをもつ。それを詩に要求する。その要求のしかたには、彼の発明としか言えない独特のところと、詩も文学も本来そういうものだったというところが、混在している。

ぼくはこの日も六月の社会から
電灯のつく前に
顔を伏せて帰宅している
「人間の気持ちをこれだけのものにはしたくない」
彼女は通学路の画面をひろげて
そんな歌などをうたって
帰っている
誰もが生きているというわけだ
(「かわら」)

あまり説明したくないというか、正直なところ、説明できないのだが、この前の節の内容から、この「ぼく」は醜怪な顔をもち、学校や会社のある「社会」に長くいたくない、そして「彼女」はその妹だ、とわかる。タイトルの「かわら」は屋根がわら。「ぼく」はその下に隠れたいが、「かわら」は隠す役割を十分に果たさない。引用部、言葉はのびやかにくりだされて「誰もが生きているというわけだ」にたどりつく。これは、次の結びの節では「誰もが生まれ/もう風のようには生まれることをやめた」と展開される。

社会があり、人のすること、人の思うことがある。それが確かめられ、社会と人のつながりの微妙さを託された「かわら」が「美しいことがら」でかつ「だいじなかたまり」とされるまでの作品。これが荒川洋治だと言いたくなる。このつかみ方と伸び、新しいし、安定感もあるし、同時にこういう抜け方をしている古典的な「文学作品」がありそうな気もしてくる。

　エッセイ「散文」で言われているように、詩は「個人が感じたものをそのまま表わす」。そういう詩を棄てない。ほんとうに感じていることを書く。使いふるされてきた正義や善意を振りかざす台に乗ったり、それらに守られる箱に入ったりせずに、自分の目で見て書く。そうしながら、どう社会とつながるか。

　超がつくくらいに単純でまともなこのモティーフが、『坑夫トッチルは電気をつけた』に収められた「美代子、石を投げなさい」や「赤い紙」で火蓋を切った、一連の大胆な「詩の形をした文学作品」の試みへと彼を押し出したものだ。

　試み、と簡単に言ってしまったが、この三十年、こんなに試みをやった詩人はほかにいない。『実視連星』（二〇〇九）までの、実験性の高い作品群。その寿命は危ういのかもしれない。しかし、それでいいのだと思う。そこでの、彼が自分の体験のなかで出会った「歴史」の顔の出し方。こんなことがあった。人はこんなことをした。その意外性、あるいはそれを持ち出すことの意外性は、まず「情報社会」で形成されるような一般性の盲点を突いて意外なのであるが、それだけではない。個別性をもった人が生きる「普通さ」の侵入でもあり、始末していいものは始末した上での、これまでの詩がやってきたことにやっていないことを接続させる表現への突破口になろうとしている。なっている。

「もう手はない」の先へ。使えるものを使う。言えることを言う。それを見つける場所としての社会を、この詩人は「情報社会」のずっと前からの足どりで歩いている。

　その実験には、いわば無責任さとまともさの同居するような挑発的姿勢がともなうこともあった。『北山十八間戸』（二〇一六）は、そういうものが控えめになり、全体の雰囲気はあっさりしている。表題作や「外地」は別として、基本的に、歩きだしたところから何呼吸かで立ちどまるような小さな詩をつなぐ。でも、遠くまで見ている。意見を言う勝負もしている。「歴史」と「地理」は、いままで以上の緊張感をもって呼びだされている。

なんでもいい、
少しだけ無理をする人になりたいね
ほら、このように少しだけ先へ
無理をする人　そういう人がいまは
いなくなったといい
寺社の月夜の（無理をする四国西之村謄写堂）
空気のうすい平野の物象に
（「友垣」）

前半に「ことばも詩も被災したのだ」と二〇一一年からの持論を入れている作品だが、ここで三度も出てくる「無理をする」につよく感じさせるものがある。「少しだけ無理をする人になりたいね」には、シチュエーションをこえた本音のひびきが聞こえる。持論の部分もふくめて、荒川洋治自身が出演している作品だと言ってみたい。

　個人的には、『北山十八間戸』は、『一時間の犬』以来の、何度も読みかえす詩集となった。

「未刊詩篇〈炭素〉」の七篇も、ため息が出るほどのものだ。未知への甘えがない。酔わない詩人。いよいよそうなのだ。驚くほどわずかに引っかかるだけで進むところなどに、社会の方向からのものと文学の方向からのものが自由に役割を交換するような味わいがある。

　私はまだちょっと緊張している。

　荒川洋治。一九七〇年代の彼がいて、八〇年代の彼がいて、そして九〇年代からここまでの（平成の、と言ってもいいだろう）彼がいる。見事に、社会とともに動いていると私は思う。自分にしかできないことでかつ自分のためだけにするのではないと直感できることを見つけて、実行し、他者からの評価も得る成果をつみかさねている。同時代、しかも同世代に、この人がいる。大きい。

（2018.12）

現代詩文庫　242　続続・荒川洋治詩集

発行日　・　二〇一九年六月十五日
著　者　・　荒川洋治
発行者　・　小田啓之
発行所　・　株式会社思潮社
〒162-0842　東京都新宿区市谷砂土原町三―十五
電話〇三（三二六七）八一五三（営業）八一四一（編集）八一四二（ＦＡＸ）
印刷所　・　創栄図書印刷株式会社
製本所　・　創栄図書印刷株式会社
用　紙　・　王子エフテックス株式会社
ISBN978-4-7837-1020-2　C0392

現代詩文庫

新刊